黃珍珍　著

李錦昱　插圖

星星堆滿天

★爆笑的生活記趣　真切的人物素描　動人的心情故事★

序　落花水面皆文章

許維民

黃珍珍女士是我金城南門里的附近鄰居，她「出閣」時的夫婿，竟是我的「拜把兄弟」李文曲老師。爾後我們各自購屋時，恰恰又緣分匪淺的比鄰而居。

有天下班後，珍嫂拿著一疊稿件，說近將出版新作《情繫金門——星星堆滿天》，邀我寫序，我自是義不容辭，一口應允。

得幸讀罷全書二十五篇文章，似久逢甘霖、飲到一杯清泉，十分暢快，讀完此書，我心想廚川白村「文學是苦悶的象徵」的鑑賞理論，是真理嗎？我心想，文學好像不必陳義過高，駕馭文字的人，只要能夠從生活中取材，敘理說事清楚明白，不必先存文以載道，道理也自然會在文理間流露。

《情繫金門——星星堆滿天》書中，作者描述的時間跨越二十個年頭，最早的一篇是〈修屋記〉，最近的一篇則是〈天國的母親〉，從初為人母到兒女長成，漫長的生命閱歷，黃珍珍以流暢的文筆，輕描淡寫，卻處處深情，叫人一開篇就停不住，想一口氣讀罷，我姑且引介數篇，與大家分享——

〈失兔記〉：描寫作者母女倆因為一隻捷克兔跳離家園，失神落魄的心情，文中將母女慈善的心懷表露無疑，細膩的文筆、生動的敘述，叫讀者們都為那隻失蹤的迷你兔擔心不已。

〈集點記〉：作者描寫大男人主義的丈夫，竟也陷入「七超商」的「集點羅網」，為了全套的「ＴＴ貓」，萬丈豪情的他居然低聲下氣，到處拜託人贈送點數，最後夫妻同心，其利斷金，終於完成心願。本文深動地刻畫出「撲克臉」丈夫背後的童心與柔情，更寫出夫妻間的那份鶼鰈深情。

〈借狗記〉：描寫作者從嘉義討來的瑪爾濟斯——小戈因腸胃炎過世，作者特意隱瞞，不幸的是小戈的前主人也因車禍喪生，有一天，前主人的媽媽突然說要來金門探親（探望那隻瑪爾濟斯），並說要帶小戈前主人的遺照來看牠，這麼一來，把作者母女嚇得驚慌失措，深怕謊話被揭穿，再度傷了老人家的心。左思右想之後，只好到寵物店借了一隻瑪爾濟斯來矇騙，本文取材一則有趣，一則感人，讀罷令人莞爾又掉淚。

〈修屋記〉：寫一位「兩光」師傅，「蝸牛修屋」，把大家急得團團轉，這篇好氣又好笑的故事，寫出了作者母親念親顧舊、寬大包容的做人道理，在這翻臉無情如翻書似的現實社會裡，無疑是一篇難得的教本。

〈臺北的運將〉：記述作者「打的」赴松山搭飛機，途中司機聊起金門的當兵往事、聊起無緣的金門愛情、聊起憾事的自我調侃，寫來輕鬆有趣，這樣的搭車經驗，是我們金門人都曾有過的，但少有人能提筆敘述為文。

〈母親的嫁衣〉：遣辭造句十分典雅優美，寫出艱困時代的民情風俗，也寫出了舊時代婦女擅長女紅的能耐，如換作今天的新嫁娘，那將是件很不可思議的事。

〈我的老公金愛水〉：把一個愛美的丈夫寫得叫讀者想追問，到底她的老公是男生還是女生？「粗人做細粿」，連我都服了我這位一向「聲如洪鐘、氣勢豪邁」的「拜把兄弟」，真想捏他一把，用了那麼多老婆免費提供的保養品，皮膚有沒有白一點啊？

〈試探〉：作者寫她大舅在廈門被人聘僱做掌櫃時的清廉誠實，以及戰亂返鄉，甘於平凡，從頭做起，能夠不屈服命運、能夠不怨尤的處世之道，這是一篇教人做人的好文章。

〈情繫金門〉：作者較晚期的作品，描寫她和一位電話推銷小姐「哈拉」的過程，從試探性的不信任到相互「認親認戚」，寫出作者待人的真誠面，這是生長在金門這塊土地上普遍特有的樸實人性。

〈女兒讀一年級〉：「母親妳真偉大」，讀完這篇文章，我忍不住要說這句話，作者超級的母愛，叫人「嘆為觀止」，她所承受的無奈，和無怨尤的犧牲奉獻精神，絕對是她的子女一生中最珍貴的財富，我由衷地敬佩與羨慕。

〈愛剪的女人〉：五百年的同船渡，修得一世夫妻緣，這篇文章徹底描述傳統女性愛夫顧子的隱忍功夫，寫來真摯感人。這應該是作者早期的作品。如今我這位生活多彩的大哥之「精神所寄」，已被文房四寶、瓷器古玩等帶到前清的世界裡遨遊。他的善變、多變，經常叫我瞠目結舌，如今讀這篇文章，好像看到一個「脫離火氣」的瓷瓶，距離十分遙遠。

〈婚紗照〉：描寫作者的房客，一男兩女的怨偶悲情故事，新世代的愛情觀，因為婚姻的自主與不自主，充滿著衝突與無奈，那一本傷感的婚紗照，其實還可以再延伸寫出一篇長篇小說，我建議珍嫂把它藏起來，待他日，主角鬢髮飛雪，再高價賣給他，讓他回味人生。

全書二十五篇，我無法一一引介，其實篇篇精彩，雖是作者個人的生命故事，但同屬小人物的我讀來，著實心有戚戚焉，有些經驗我也曾有過，我想要寫，但作者思緒的條理性、情感的細膩性、文筆的連貫性，都叫我望塵莫及。

因此，我樂於推介此書，願讀者諸君能夠有緣一睹為快。

二〇〇九年六月二十六日

獻給母親

照說，「出書」是一件很快樂開心地事，但是這回我有點感傷。因為，母親再也無法分享我再度出書的喜悅。

喜歡文字，喜歡記錄生活中種種情事的我，完成的每一篇章都是我的真感覺、真性情、真感觸與真體驗。我不會造假、憑空捏造，如果文章不是發自內心，那我無從下筆。

回憶母親拿著我的第一本書時，臉上滿是驕傲。雖然是眼花視力不佳，但仍很珍惜地把書放在床頭櫃地抽屜裡，一打開抽屜就可看到我的書，有時，她老人家也會拿出書來把書翻一翻，並且對老爸下命令說：「老伴，你少看點報紙，多看看女兒寫的書。」

在七個兄弟姐妹當中，我學歷最低。大姐、小妹都在當老師，大妹也在幼兒園所當幼教老師。但母親常對我說：「妳不比他們差，妳一點都不輸給他們。」

不知是否因為生肖同屬「馬」之關係，我總覺得母親與我，我與母親的心是如此貼近，感情如此深濃，對事對物的感覺與想法如此契合。母親與我名為母女，但亦是良師、是姐妹，更是知心好友，我們常常天南地北，無所不談。

我的寫作一方面固是興趣使然，但另一方面也是母親提供了她那個年代豐富有趣的種種生活情事。感謝母親，她讓我「寫興大發」，她豐盈了我寫作的題材。如果沒有母親，生活中就沒有那麼多的樂趣。

第二本書《偷窺》面世上架時，母親已在臺大加護病房插管，看著病榻上的母親，我們悲傷、心痛、不忍、不捨的情緒反覆煎熬，我沒告訴母親，我有了「第五個孩子」。鍵盤敲下的文字組成篇章，篇章又集結成書，這些都是作者感情的心血結晶。一本書的「誕生」真猶如懷胎十月，哇哇墜地的嬰兒啊。

母親後來氣切，轉往臺大公館分院的加護病房，後轉到普通病房。時值年關將至，我與大姐回金過年，兩個女兒代替我陪伴著神智清醒、兩眼炯炯有神的母親。大女兒拿著《偷窺》一書告訴母親：「這是媽媽的第二本書。」並在母親眼前一頁頁地翻給她看，一一向母親介紹她所畫的插圖。母親雖不能言語，但頻頻點頭、微笑著，頻頻以眼神示意嘉許。

母親常關切著視力已受損的我，要我少看些書報雜誌，少寫作。但「看與寫」是我生活的樂趣之一，要我收手放棄，有點為難。我只有辜負母親愛我的殷切囑咐。

如今，母親遠在天國，我在母親的告別式後緊接著出這第三本書。在我心中，親愛的母親，敬愛而偉大、慈祥的母親，相信您在天國也一樣會為我感到欣喜、高興與祝福……。

* * *

還有，非常感謝我的芳鄰，金寧中小學許維民校長。他是個大忙人，除了繁忙的校務外，亦是《金門日報》「浯江夜話」的主筆之一，更是文化局的文史工作者。感謝他在百忙之中擠出時間來為拙作寫序及諸多鼓勵。

同時，本書收錄了兩篇頗有紀念性的文章。〈我們的母親〉是美亮大姐悼念我們媽媽的心情感懷，〈給妳的祝福〉則是一九八〇年，當時筆名「楊青」，今日已是頗負盛名的報導文學作家楊樹清先生所寫的訂婚祝賀文。

當然，更感謝金門文化界的「大家長」，文化局李錫隆局長對金門藝文園地的深耕與重視，讓大家都有機會發光發熱。

最後，也要感謝我的大女兒，繼續為我這老媽「激發潛能」，她可愛生動的插畫讓本書增色不少。

和前兩本書一樣，書中的每一篇章都是在我最愛的家鄉報《金門日報》刊登過的。對於這個海角中的「蝴蝶島嶼」——金門，這塊孕育我成長的地方，我仍要大聲地說：「金門是我家，我愛金門！」

星星堆滿天……目次

生活記趣

人物寫真

心情點滴

生活記趣

燙髮記

頭髮，古人言：三千煩惱絲。果然，說起這些長在頭上有保護頭皮作用的毛髮，有時候，還真的很令人頭疼！

婚後原本還留有一頭長髮的我，因著小寶寶的降臨而剪掉了。當時辭去做了整整十年的工作賦閒在家，一方面想好好的休息，一方面也想好好的相夫教子（所幸找到了長期飯票）。隨著小寶貝日漸長大，每當用雙手抱著他時，他的兩隻小手兒總把我的長髮當玩具，抓啊、扭啊、扯啊，玩得不亦樂乎，有時他看著你皺眉的臉，裝腔作勢的生氣表情，還樂得呵呵笑呢。不論抱著他或背著他，都要處處提防這雙可愛的小手出奇不意的攻擊哩！想想，索性把長髮剪了！省得麻煩。

唉！國字臉卻要弄個短髮的我，一時之間也不知該做什麼髮型才適合。到了美髮院正襟危坐後，「頂上工程」完全交給了美髮師，一切任由他擺佈。而前幾年好像不論我留那種短髮髮型，看來看去總是不對勁，總無法適應自己一臉「剛毅」的神情。那些大同小異的髮型，對我的臉型完全沒有加分作用。爾後反覆觀察思索，何不化繁為簡，最後乾脆選擇直髮的「赫本頭」，好洗又好梳，省時省力又方便。從此，這個偉大的、明智的抉擇，讓我在往後將近十五年的歲月裡，

髮型始終如一。這十五年來，沒有哪一家美髮店能賺到我一毛錢的「燙髮費」。啊！我覺得我真是超摳的，都沒替地區的美髮業「拼經濟」，我該慎重地向業者道歉。

其實這個永遠直直的、一成不變的「赫本頭」看久了，有時也會有種複雜的心情。有時看膩了便想著：啊，留個長髮好了！有時覺得習慣了，不想再花心思做任何改變。有時又想著：去燙一下比較「有型」吧！夏天時，更常常把頭髮剪得更短，因為，輕鬆涼快就好！誰還想「長髮飄逸」呢？

頭髮，三千煩惱絲，對我這簡單的人來說，還真是煩啊！所幸大而化之的我，心中所有的念頭純然只是想想罷了，數十年來永遠保持著「只有心動，沒有行動」。

今年七月，我有一個機緣得以和我親愛的老媽共處整整十週的天倫時光。已遷臺居住近四年的老媽，每天看著、瞧著我這數十年如一日的「一〇一」式的短短的、直直的髮型，總是搖頭嘆息外加叨唸不休：「你看現在的太太、小姐們，哪一個不是把自己打理得漂漂亮亮的？」又說：「人家說梳好頭臉好面，你那髮型太醜了！我出錢拜託你去燙個髮好了。」「唉！你這個人實在有夠吝嗇小氣的，別人是一年燙好幾次頭髮，你是好幾十年都不燙一次。」「要是每個人都像你這樣，美髮院都倒了幾百家了！」「你不想把自己變漂亮嗎？女人嘛都嘛愛水，好的髮型會讓你更漂亮好幾十分。」末了總會附加一句：「你畫的娃娃都那麼美，有著各式各樣的髮型，但你自己卻不懂得如何弄好自己的髮型，真讓人想不透……。」

老媽完全說對了！這就是「理想與現實」的差距，「紙上談兵」和「實際經驗」是完全不一樣的。我是個呆板的人，從來沒有什麼冒險精神，因此寧願選擇「以不變應萬變」，管它外面正流行什麼髮型，什麼離子燙？玉米燙？我是「老僧入定」，通通與我無關。

可老媽也真奇怪，難得我逮到這千載難逢的好機會，「拋夫棄子」來臺和她朝夕相處，她老人家卻總看我「不順眼」，三不五時就給我「疲勞轟炸」，好像我不去「燙個髮」是件大逆不道的事。

初時，她唸她的，我拿出我的看家本領——「左耳進右耳出」，完全不以為意，總是一笑置之。老實說，從以前到如今始終「忠於原味」的我並不想改變，一切有關「髮事」的話語都當作一陣煙、一陣風，飄過就算了！但是「已昏」了二十多年的我，熊熊忘記了我老媽的「唸功」可是首屈一指、超級頂尖的。

後來，我每天被她鍥而不捨的「唸功」唸久了，彷彿起了一種奇妙的「催眠作用」。攬鏡自照，我前看後看、左看右看，越看越覺得好像老媽說得不錯哦！我這髮型真的是「太爛、太醜、太遜了」！一點美感、創意也沒有，讓原本就長得不夠漂亮、溫柔的我顯得更加沉悶，了無生氣。

我開始認真思考、仔細端詳「鏡中人」，當下做了一個「斬釘截鐵」的決定，那就是：哇，我要改變自己，我要乖乖聽從老媽的「聖旨」燙髮去。

當我告訴老媽說：「好了！好了！我決定去燙頭髮了！」老媽當下笑逐顏開，比中了樂透還高興，還和我「討論」該去哪一家美髮院燙髮比較好。首先，得地利之便的是隔壁巷子內的家庭理髮，老闆娘有二十多年的美髮經驗，技術應該「超群」。但我想：長久以來她一直侷限在這個小環境中，沒有接觸外界的新資訊，燙出來的髮型會不會是阿嬤級的「古董髮型」？想著想著，心中有些怕怕！老媽接著介紹第二家，那是位於文化路九十巷的巷子口，掛有招牌的一間「美林理容院」，坪數不大，但佈置得還不錯，蠻有時尚感的！「阿添一家大小的剪髮、燙髮都在這一間哩！不然你就去這間好了！」我看了一眼添弟的髮型，燙得還不錯。但添弟是個大帥哥，髮型怎麼弄都帥呆了，我這大他十四歲的老姐怎麼和他比？想了想，百善孝為先，就順從母意，決定去「美林理容院」改頭換面一番。

選了一個星期日，啊！起了個大早，沒有縱容自己睡到日上三竿。洗臉、刷牙、吃早點、換裝，再稍事打扮，還是搞到十點才出門。算算時間，兩個鐘頭應該夠，回家剛好吃午餐。我興致勃勃，滿心期待地走到巷子口一看，哇咧！「美林」怎麼鐵捲門深鎖？十點了怎麼還不營業？難道還「好夢方酣」、高臥不起嗎？不死心的我在門外來來回回地踱著方步，就等著「啪」的一聲開了門！如此徘徊了幾趟，想想算了，打道回府，幹嘛在此苦等！走在回程的路上，思前想後，唉！女人是最善變的，這一走回家去，搞不好我又「變卦」不燙了！既然出門了，又撐著傘對抗十點「日正當中」的超強紫外線，此時不燙，豈不是白來？俗話說：「打鐵趁熱」，趁著一頭熱騰騰的熱度還在，好！馬上又回轉，繼續往前走向巷口盡頭的大街道。

文化路兩旁商家眾多，總會找到一間美髮院吧！小女子我邊走邊看，忙碌地轉動頸子游目四顧，左右張望。如此尋尋覓覓走了有半條街之久，終於，一個粉紅色的招牌吸引了我，讓人眼前為之一亮，哇！我好像找到了藏寶圖上的山洞，極度雀躍興奮。

仔細一瞧，這家店有著十分女性化的名字——「芳芸美髮屋」，這讓我聯想到「美容班」的兩個同學「芳余」和「若芸」，感覺好親切。啊！不用遲疑，就是這間了！當下推門入屋，心想：一切「從頭做起」，待會兒我就能以全新的造型出現囉！「你好，歡迎光臨！」店內二女一男三位美髮師同聲說著，還真有默契。小女子我眼睛一瞄，座椅上都坐滿了，有的燙、有的洗、有的剪，還有一個在旁邊等。我簡直快發昏，生意這麼好，肯定技藝超群，招牌不是掛假的。唉！不管了，為了燙個頭一直走路尋覓，好累哦！先坐在舒適的沙發椅上歇歇腳、看看書報再做打算。

我心不在焉，一邊瀏覽報紙一邊觀察他們服務顧客的「進度」，心裡又不斷嘀咕著：來得真不是時候！忍不住問：「老闆，要等很久嗎？」「嗯，可能要等一小段時間哦！還是您先回家吃個飯再來？」店中唯一的男美髮師如此說著。他是個染著一頭漂亮頭髮的年輕小伙子，中等身材，身上的黑色T恤有著美麗的圖騰，淺咖啡色的長褲在腰部與口袋之間還帶著一條「披鍊」，那是時下青少年最流行的打扮，棕色的鞋子也很有特色，鞋尖還微微往上翹，像極了「神燈」裡阿拉丁穿的鞋子。他整體給人的感覺，就是有種「時尚摩登」之感。我忽然羨慕起他們的年輕！也帶點兒嫉妒與無奈。再仔細看看他們對工作的熱愛與投入，不禁又給予祝福與肯定。在普羅大眾中，有多少人是為了生活而工作？像他們能發揮所長，「樂在生活與工作」之中，真是件愉悅又幸福的事哩！

看看時間，快十一點半了，我卻仍枯坐呆等著。燙個頭髮有這麼難嗎？我是要繼續等下去呢？還是索性回家不燙了？（一點也不好玩）還是哪天一時興起再來燙？我的心因著時間的流逝又開始蠢蠢欲動，一會兒向前走一會兒向後走，一下要往右，一下要往左，思緒在去與留之中天人交戰。最後，好勝的我做了決定，既然已踏出了第一步，怎可半途而廢？不達目地絕不罷休。管它已近中午十二點了，燙髮第一，吃飯第二，今天一定要把自己「改造成功」，否則絕不回家。

「小姐，你要叫個便當吃嗎？幫你多叫一個好嗎？」另一位女美髮師親切地招呼著。看看店內，客人只剩下我一個了，他們是該歇一歇，吃個午飯了！而一點都不餓的我笑著婉謝了他們的好意，繼續在等待中看我的書報雜誌。

終於上工了，「小姐，你有要指定的人選替你服務嗎？」另一位美髮師輕聲細語地問著。她穿著樸素，脂粉未施，像個鄰家的大女孩。「喔，沒有，哪一位都可以。」我據實以告。「那請你先看一下你要哪一種髮型。」天啊！說到髮型，我彷彿被打了一記悶棍！那是我的致命傷。

我雖不似「許效舜」那樣方方正正（要是那樣，我就要去整形），但整體而言也是被歸類於方形臉。面對著一疊美髮書，書上的每一款造型都那麼地漂亮，可「移植」在我頭上就不見得有如此絕佳的效果。

我認真地上翻下翻、左瞧右看，幾本書找下來仍是難以抉擇，最後只好頹然地闔上書說：「我不要燙得太短、不要燙得太老氣，你們比較有經驗，看我適合哪種髮型就好了！」我把明確的大目標說了之後，餘者隨他們去「發揮」、表現。（想想我還真冒險，如此輕易就把一顆頭交由他們處理。）

這樣沒主見的客人也許很少見，鄰家女孩型的美髮師在幫我洗好頭後就退居幕後，不敢接此大任，深恐把我的頭燙砸了，有損招牌。換了那位時尚帥哥來和我溝通、商討。他瞧了一下我的臉型，當下做了決定說：「我就幫你設計前額半邊服貼的瀏海來修飾臉型，前頭一小段燙直的，後面全部燙捲的。」接著又說：「你不喜歡燙得太短，我就依你現在的長度稍微剪短一些就好。」聽完他的一番說明後，我根本也無從想像燙出來會變成什麼樣子。既來之則安之，只有點頭附和說：「好！」一切相信他的專業囉！

我們彼此達成共識後，他拿起剪刀，一邊剪一邊抓，開始在我頭上修修剪剪了起來！接著捲了一捲捲的髮捲，上了第一劑藥水，然後啟動一個我在美髮院從未見過的大圓盤，像個飛碟似的，靠著一根柱子高低有致地不斷旋轉著，我從對面的鏡子中兩眼直直地看著它轉，啊！它轉的幅度美妙極了！真像一個翩翩起舞的少女，婀娜多姿。原來，這是一個「烘照器」，最新款的

吧！心想：這家店用的儀器還真先進。一段時間後接著上第二劑，只見它仍來來回回優美地旋轉著。終於，時間到了，儀器嘎然停止。呼！大功告成了，美髮師悠閒地走過來，雙手熟稔地一一卸下了捲髮器，接著再去洗頭，把藥劑沖掉。回到座位上，唉！我期待的、「千呼萬喚」的全新造型終於要「出爐」了！帥哥美髮師拿著吹風機在我頭上又是吹、又是撥、又是抓、又是抹髮膠的，然後說：「小姐，好了！」同時拿了一面鏡子，讓我很清楚地「瞻前顧後」欣賞了一番。我努力、認真地細看我的新髮型，只覺得「好眼熟」！想了想，啊！原來是和學校的歐陽琪老師類似。不同的是她燙「長捲」，而我的是「短捲」，長度不同，整個味道也不太一樣了。

十點出門，看看時間已是兩點半，肚子也餓得咕嚕咕嚕叫，為免回家再勞動老媽熱飯菜，就在隔壁的「羹大王」麵店叫了碗麵，祭祭我的五臟廟。我一向很少外食，總覺得往往不若家中的美味。但今午的這碗肉羹麵卻覺得出奇的美味可口、特別的香。甚至還想再來一碗「續攤」哩！

走進電梯，面對鏡中的自己，天啊！熊熊不能適應這樣的自己。感覺不論我怎麼看，那都不像是我自己，好像他全然是個「陌生人」似的。我努力地對鏡子擠出一個個笑容，可還是找不到以前的我的「影子」。我有一點失落，竟沒有想像中十分欣喜的心情。念舊的我還對那數十年如一日的舊髮型依依不捨，甚至還有點後悔、懊惱，幹嘛無緣無故、莫名其妙的跑去燙這個頭？

女人真的很善變，情緒起伏、波動又大。當初興沖沖地說要改頭換面，如今卻又念念不忘。難怪人家說：「改變是痛苦的」，又說：「改變需要勇氣」。女人是很感性的，做決定時往往也是一時衝動，勇氣來了就「勇往直前」。現在看我這顆頭，不習慣是必然的。傷腦筋的是以後我要如何梳理它？雖然在店裡時美髮師早就「面授機宜」的教我如何整理，但多年來一貫以梳子梳直髮的我，忽然之間每天要給頭髮「噴水」、「抹膠」，還要以十指撥弄髮根讓它蓬蓬的、有彈性。聽了我都覺得煩！悔不當初，但問題是頭髮確實已經燙了。

一進家門，迫不及待的問老媽：「燙得怎麼樣？」老媽前後左右瞧了一遍，笑著說：「不錯啊，很好看啊！」到了房內，超級自戀的我，拿了鏡子遠觀近看，不斷的「猛照」，好似非得經過如此反覆的印證才能確定「那真的是我」。

天亮了，七點半起床，八點半出門，走十分鐘的路去搭捷運，在車上的我一直想著：待會兒全班同學見了我，不知做何感想？準會把他們嚇一大跳吧！出了捷運站、過了馬路進入大樓，上了電梯到五樓。我輕輕推開玻璃門，一入內就和伍玉霞老師、羅玉文老師打了個照面。她們兩人四隻眼睛齊盯著我，時間好像在剎那間凍結，然後「啊！是珍珍喔！妳去燙頭髮了！」她倆又異口同聲地說。我抿了嘴一直笑，感覺好不自在，說了聲：「早！」後馬上快閃進了教室。

全班三十個人，已經來了近大半，聊天的、吃早點的，像往常一樣的聊天哈啦。我習慣性的又對著左邊的一整片「鏡牆」猛照，看看鏡中的自己，無論再怎麼看，總是無法適應這個新髮型。

有眼尖的同學發現我了！那是和我同年的劉鋁美，開口問道：「珍，你去燙頭髮了？」「是啊，燙得怎麼樣？感覺如何？好看嗎？」唉！久久未曾燙髮的我，熊熊變了個新髮型，迫切地想要知道效果好不好哩！

同住永和的黃寶惜看了看說：「看起來好可愛喔，好像年輕了十幾歲！」一樣是金門人的文雅君說：「好像卡通片裡櫻桃小丸子的媽媽。」瞎密？我的額頭上差點冒出三條線。

今夏剛大學畢業的「芭比娃娃」佩君說：「很像韓劇《大長今》裡的髮型。」啊，怎麼每個人的觀感都不一樣？

「大眼妹」鄭美麗說：「你早就該燙了，看起來很嫵媚呢！」真的？好開心耶！而搞不清楚狀況的劉婷姝和陳韻茹居然都好笑的問：「你今天是不是戴了假髮？」天啊，差點昏倒，這……這真是好白目的問話啊。話未說玩，已經笑倒了一堆人。

而一向對美髮很有研究的「甜姐兒」吳芊慧看了看，建議說：「你可以戴那種細細的、有珠珠的髮圈，效果會更好！」班上的「波霸」——芙蓉說：「珍啊！你還是燙頭髮比較有味道。」同是「直髮族」的曹美玉和溫宥樺說：「還不錯，嗯！我們也考慮要不要也來變髮？」

九點半快到了，班上陸陸續續有同學進來，他們一干人快速瞄了我一眼，完全不以為意，直到快上課了，發現我還「賴著不走」，才仔細地瞧一下，然後驚呼：「唉呀！珍珍是你啊！我們還以為又是隔壁班的跑來串門子呢！」

今天，我不但成了班上的焦點，同時隔壁的「新娘祕書班」也來插花，每個人見了我都會問：「啊，你去燙頭髮了？」我得一直保持著笑臉回答：「是啊！」然後緊接著問一句：「怎麼樣啊？好不好看？」順便再搔首弄姿一番。而大家也都很「捧場」，給我的都是正面的讚美，諸如：「很可愛啊！」「很有女人味！」「變得更有氣質了！」「很亮、很有型喔！」「很漂亮啊！」「很嫵媚哩！」甚至是「啊，比你以前的髮型好太多了！」這些觀感不一的評價，無形中替新髮型加分不少，也讓我不再猶自眷戀著已然消失的舊髮型。

固然新髮型新氣息，變髮換心情，只是每天一早起來，梳理這顆頭就變成了生活中的大事。捲捲的頭髮經過一夜的輾轉反側，起床時都有點蓬，看了我都傻眼！愣在鏡子前發呆，又懊惱著

「幹嘛自找罪受！」而且，我的眼睛還是不能適應新髮型，怎麼看怎麼不搭。當我碎碎唸的抱怨時，老媽就趕來「滅火」，直說：「燙得真水啊！只是你太笨了不會整理而已。」說完，馬上翻箱倒篋地找出一個可以噴水的空瓶，清清洗洗後再裝滿了水，接著拿浴巾往我肩上一圍，然後開始給我「滿頭噴水」，再拿著她的「大齒梳」梳理，一邊梳一邊按壓。老媽動作熟練，啊！還有模有樣，真有美髮師的架勢哦！末了，老媽拿鏡子給我前後對照一下。果然，經她的巧手一理，我的頭髮終於恢復了「原型」。只是，從來沒遲到的我，為了「髮事」整整遲到了半個鐘頭！

一到班上，老師和同學都異口同聲說：「喔，為了弄頭髮遲到哦！」唉呀！女人就是女人，也只有「女人才能了解女人」。根本不用我說什麼，大家「隨便用膝蓋想也知道」。我只能訕笑著說：「是啊，你們都好厲害喔！」

從此以後，為了這顆頭，我沒再「準時」過，總是會遲到。而每天一早，老媽的「超級任務」就是幫我梳頭。當我一切打理好後，披上浴巾、扯開喉嚨叫著：「媽啊！」我專屬的「老媽美髮師」馬上就會為我服務。

想想，一個七十七歲高齡的媽媽替一個半百的女兒梳頭，這個畫面多有趣、多溫馨啊！我彷彿回到了孩童時光，依偎著媽媽，向她撒嬌。而老媽總是十分快樂、開心地幫我梳頭，她忘記我已出嫁二十六年了，總會說：「不論你幾歲，你在我心中永遠是我疼愛的孩子。」很感人，也很經典，這是普天之下每一個媽媽的心聲啊！

為了讓頭髮保持「有型」，我去買了髮膠；為了讓頭髮有點創意、變化，我到夜市、商店去「精挑細選」漂亮的髮圈。哇咧！算算有好幾十年了，我從來沒為頭髮這麼認真過。

啊！女人天生的母性，常常把愛全分給周邊的親人、家人，就是忘了要愛自己多一點，如今，我忽然頓悟、覺悟了！看著我的新髮型，啊，我拒絕再當「黃臉婆」。

一星期後，老媽無意中說出了「真心話」，她笑著說：「啊，那燙頭髮的把你燙得太捲了，從後面看，有點像鳥巢喔！」天啊，這句話真是晴天霹靂！又說：「他如果是燙大捲的，會比較自然好看！」此時在客廳寫功課、讀小五的外甥軒宇也接著說：「二姑姑，你這頭髮好像被雷打到一樣。」說完就是一陣開心的哈哈大笑！「是啊，這段日子臺北的午後雷陣雨太多了，我是不小心被打到的！」我板著臉一本正經地回答。而在一旁不甘寂寞的弟弟軒偉也說了：「二姑姑，你的頭髮上可以放兩顆雞蛋喔！」好小子，真有你的，才讀幼稚園大班的小毛頭也來消遣我，真不知該說什麼。而最詭異的是我那弟妹秀容，偶爾看著我的髮型，總不發一言，只是笑笑的。啊，果真是燙得太捲了嗎？

這時，我又開始有著小小的煩惱了！老媽趕忙安慰說：「沒關係啦，多洗幾次就不會那麼捲了！」喔！三千煩惱絲啊，真是不得閒！為了讓髮型看起來自然一點，三天兩頭我就忙著洗頭，周日時更去美髮店報到。第一次到原先的「芳余」，洗頭一百七十元（乖乖，真是天價！），第二次去巷口的「美林」，要價一百三十元（普通，尚好），第三次索性去巷子內的家庭理髮，一百元平價，技術也很優。從此之後不再「貨比三家」。

隨著時日的消逝，隨著我天天的「顧影自照」，我漸漸地適應、習慣了我的新髮型（可見我是個很保守又「慢熟」的人）。九月八日，為期兩個月半的「美容美體班」也結業了！為了怕老媽一時不適應，我多住了一個星期。但天下無不散的宴席，母親依依不捨地看著結業後即將回金的我，看著我改頭換面、脫胎換骨似的和以前「判若兩人」，她也很高興、欣慰，說當初如果沒有她鍥而不捨的「唸功」，以我頑強的個性，是滿難「改造」成功的。啊！真要謝謝我最親愛的老媽哩！

回金的這一天，我特別在電話中交代老公，到機場接機時眼睛要睜大一點，不要到時滿機場找不到「老婆到底在哪裡」！

集點記

和女兒到臺探望年老的雙親。出乎意料之外的是，屋前那家已營運多年的「X家」便利超商居然掛了！

據警衛說：「因營業額入不敷出，不能再耗損下去，趁早收手，以免漏洞越來越大……。」真令人遺憾。

無可否認，超商在生活中確有其便利之處。我很傷惱筋哩，在這「純住宅區」裡以後買東西就沒那麼方便了！

弟妹秀容提供了另一家便利超商，它位於文化路上頗有名氣的及人國小旁邊。喔！還真有一段路好走的。所幸老爸深諳此處地形，帶我與女兒抄小巷弄走，很快便到達了這家「七」超商。入內買了一些吃的、喝的，到櫃臺結帳時，一眼瞧見了那懸掛在空中的一排「TT貓」。我隨意瞄了一眼，心想：又是這小孩的玩意兒，無聊！付完帳後就和老爸、女兒快速走出。

回金門後，一進客廳，赫然發現電視機上居然站著兩隻一模一樣的TT貓……。

「這是在幹嘛？」心裡納悶著，我問老公。

「啊，這是『七超商』集點送的啦！」「只要買滿七十七元就可得一點，集滿十點就可換一隻TT貓。」老公呵呵笑著，詳細解說。

接著是我與女兒「一臉疑惑」，一副無法置信的表情。

一向大男人主義，常常一臉嚴肅、擺個「撲克牌」面孔的他（有時真懷疑是否積欠他百萬未還？），什麼時候「轉性」，返璞歸真、返老還童了？啊，我們母女倆的腦袋中都塞滿了問號。

好奇的我們急欲「一探究竟」。

女兒問道：「吼，老爸，你現在也愛上了TT貓是不是？好好笑喔！」

「沒有啦，只是我到親戚家泡茶，看到他們電視機上擺著一組TT貓，覺得還蠻漂亮可愛的，所以就興起了也來集一組的念頭……。」老公說明原由，接著猛然急切地問：「啊，你們在臺灣都有去超商買東西吧！有沒有拿點數？集點數？集幾點了？」

「吼，老爸，我們只看了一眼而已，根本不知道『遊戲規則』，還集什麼點？『一點』都沒有啦！誰知道你怎麼『突發奇想』在收集這個？這不像你的作風和個性，太令人噴飯了，讓我大吃一『斤』哩！」女兒逮到機會好好取笑了他一番……。

「是啊，我都不敢說是我在收集的。每當有歐巴桑在我旁邊向我要點數時，我就說：『我女兒也在集點呢，拍寫（閩南語），不能給你』！」老公哈哈笑著說。然後，他又不打自招：「我也昭告身邊的親朋好友說：『我女兒正在收集七超商的TT貓』，有點數的話，歡迎捐贈喔！」

天啊，為了這隻貓，而且是一隻「東洋貓」，為人師表的他居然……。

「什麼？完全不干我事好不好？吼，老爸你竟然拿我來做『擋箭牌』，還冒用我的名義來向朋友『騙取』點數』？太不應該了。」「吼，老爸，你怎麼可以這樣？明明是你自己愛收集的，還說是我？哀，哀！」女兒邊撒嬌邊笑鬧地抗議著。

啊，自從我那快接近「五五專案」的老公一時「熊熊愛上了這隻貓」之後，我們家的生活忽然間變得「趣味盎然」了起來。因為，從此之後每天的話題就繞著「集點、換貓」打轉。

到「七」超商購物時仔細地瞧瞧了那一組貓，嗯！難怪老公喜歡，它們質感很好，造型也很「卡哇伊」，的確是一組很棒的擺飾品。因著老公的喜愛，一向有著「賢妻」形象的我也加入了收集點數的行列，努力以赴，助他完成他的「貓夢」。

看看，我們已經換得了三隻貓，但卻是清一色的「學生」。唉，運氣真背！店員又說不能換，拿什麼便是什麼……。啊，真沒意思哩！

母親身體狀況不佳，在家做「英英美代子」的我再度赴臺探望、陪伴。過了一陣子，小妹也請假兩天，來臺探親。

放下隨身簡單行李的她從包包內拿出兩隻「學生ＴＴ貓」給我說：「姐夫交代說，看你能不能在這裡的超商換到不同型款的貓……。」

瞎密？老公愛貓、戀貓的程度是否已經「走火入魔」？居然還親自送這兩隻貓到機場託小妹飛渡重洋、「遠征」到此……。

我不禁啞然失笑，但為了「完成任務」，當晚便和小妹到超商看能否「以貓換貓」。

漫步走進超商，坐鎮櫃臺的是個少年仔。有道是「伸手不打笑臉人」，我一臉笑容地問道：「我們換的三個都是『學生』，可以讓我們換其他類型的嗎？」

那一臉酷酷的少年仔抬頭看了一眼我雙手拿著的兩隻ＴＴ貓，竟然回答：「喔，不行喔，沒辦法換耶！」啊，出師不利，頭一次就吃了「閉門羹」。

這時，櫃臺又來了兩位女員工，不死心的我繼續保持著笑容，再問一次。她們倆對望一眼，似有轉寰的餘地。我看機不可失，馬上用手指著吊掛在上頭，早已「缺了兩隻」的一排TT貓說：「你們看，你們這裡剛好也缺了『學生』這隻，我一換一也沒差嘛，何況又不會重複。」她們倆想想也對，也許是真的很「同情」我吧，便問道：「那你要換那一隻？」

哇咧，真是太棒了！果真是「女人何苦為難女人」，兩人真有「姐妹同胞」之愛。喜出望外的我趕緊在六隻貓當中「巡邏」一番，最後挑上了俏麗的「女僕」，又消費了集上一點的金額後，心滿意足地回家。

小妹說：「你們還真是一對『寶貝夫妻』呢！不就是一個玩具嘛，有什麼好迷的？你們好無聊啊！」

說真的，我們還真的是很無聊。一向很少打電話給我的老公，為了這隻貓居然肯頻頻給我「來電」。

「老婆，你有沒有換到？」在家鄉的他關切地問著。

「有啊，老婆出馬，馬到成功！」趁此機會「自抬身價」臭屁一下，以報他老是在我面前「耀武揚威」之仇。

「啊，真的？那你換到那一隻？」他的語氣聽來十分興奮，卻一句感謝的話也沒有，彷彿一切都是理所當然。

「我挑『女僕』啦，對了，我幫你集到了一點耶！」

「才一點喔？我隨便集都有三、四點，啊，你太差了啦！」什麼話？點數可是要用錢買的，何況金額又設在七十七元，門檻有點高呢！（五十元差不多）真想向「七」超商抗議一下。

「我今天又換到一隻呢！」他還熱在頭上，興高采烈地報告「戰果」。

「是喔，那恭喜你喔。等等，你拿到的是哪一隻？不會又是『學生』吧？快告訴我，以免我這兒換到重複的……。」啊，我手頭上還有一隻「學生」未處理哩！

「我也不知道它是哪一隻，它是穿粉紅色衣服，手上拿著一個紅色皮夾……。」老公如此形容著，想必是正拿著它仔細端詳……。

我拿著盒子，「按圖索驥」地告訴老公：「那是『粉領』，女上班族。」唉！目前為止才集到三隻，還有五隻，路途遙遠喔！

小妹見我倆如此熱衷「集點換貓」，邊笑邊搖頭，當下從皮包內掏出一張「七」超商的百元禮券，慷慨地說：「我捐贈給你『一點多』好了！」

「唉呀！感謝喔！」嘻皮笑臉的我毫不客氣地收下了。

在臺除了買魚、買肉、買菜時必須上市場外，其他的只要「七」超商可以買得到的東西，我都「忠心耿耿」地到「七」超商買。因為……因為要集點嘛！

我想我真是瘋了！為了集點，三不五時去超商消費，還常常邊買邊計算金額，是否有達到七十七元？每次買都一定要得到點數才肯罷休。甚至有一次一口氣消費高達三點之多。

有一次皮包內雜物太多，我遍尋不著剛得來的那一點，把整個包包內的物品都倒出來找，還是找不著，我好心疼，而且心疼了很久。要怪「七」超商，幹嘛把點數做得這麼小？掉了根本沒處找，要怪自己粗心大意地隨手一放，這麼「迷你」的一張紙，購物付款時在皮包內翻進翻出的，當然容易掉。我早該做好防範的，早該好好地把它夾放在小筆記本內的……。為了遺失的那一點，整個晚上懊惱不已，集點至此，真是超可笑！

從此之後，我都把得來的點數「小心翼翼地珍藏」。

每次外出時我都會問老媽：「媽，你想吃什麼？我買給妳吃。」

「你錢多啊？我什麼都不想吃，別一直亂花錢了！」老媽看我常提著一袋食品回家，又是飲料又是泡麵，又是布丁、豆花，又是什麼檸檬愛玉、優酪乳……。常常叨唸著要我節制一點，不要再如此「瞎拼」，集什麼「碗糕點數」？雖然說她老人家還蠻喜歡吃我買的豆花和檸檬愛玉。

一段時日之後，啊哈！終於把那張集點卡貼滿了，心裡興奮異常，好像那是一張中了獎的「樂透彩」似的，心中樂透了！不禁哇啦啦地大叫著：「終於可以去領一隻『公仔』了！」不過讓我覺得很奇怪的是，他們為什麼不稱它為玩具、玩偶，或直接叫ＴＴ貓，而硬要稱它為「公仔」？我想，這該是香港用詞吧！

啊，今天不瞎拼了，家中吃的、喝的尚有存貨。今天進超商純為「貓事」而來，除了「拿貓」外還要「換貓」。店員收了卡、蓋了章後就給了我一隻「公仔」，迫不及待的我像個小孩似的「當場拆封」。在打開黑色塑膠袋時一直想著：會是哪一隻呢？千萬不要重複，我不要「雙胞胎」。

啊，它露出個頭來了，咦！是棕色的。哇！呵呵呵，這隻是「不一樣」的……。喲！奇怪，這種感覺怎麼好像是媽媽連續生下兒子後，期待下一胎會是個女兒似的。

一眼認出它就是「海盜」。（看我把它們記得多滾瓜爛熟啊！）那黑色的頭巾、黑色的短背心、右眼的黑色愛心眼罩、右邊的鐵鉤手和骷髏頭的標誌，把卡通「虎克船長」的造型移植到TT貓的身上，還真逗趣可愛哩！還有，還有那「古銅色」的皮膚，是整組「公仔」中「唯一」的一隻，因為是「以海為家」，經年累月在海上風吹、日曬、雨淋的「海盜」，哪可能有什麼白皙的皮膚呢？

對了，還有一隻「學生」要換哩！可是吊掛在上頭的「學生」還「健在」，都沒人換走，超商不可能掛兩隻一樣的。女店員很好心又熱心哦，她們說：「每天下午三點後，你可以來看看有沒有你要換的公仔。」

原來，為了服務消費者，多出的同款貓可以拿去「七」超商寄放、互相交換。哇塞，這真是太讚了！

晚上忽然變成是和老公固定的「熱線時間」，不過不是情話綿綿、你儂我儂的談情說愛，而是「互報進度與戰果」，說他集點卡集到第幾格了，誰又捐贈了一點給他，我集到幾點了？「學生」換掉了沒？

天啊，我們兩個半百的人了，歲數加起來比「一〇一」大樓還多一些些，居然被這隻「東洋貓」迷得神魂顛倒！不過，也多虧了這隻貓，忽然間讓我們夫妻之間「相敬如賓」（碰到冷戰的時候更是發揮「相敬如冰」的精神）的感情一下子升溫得「超麻吉」！啊，這隻貓莫非有著神奇的力量，太不可思議了！

又來到超商，這回終於把「學生」推銷出去，換回一隻「歌手」。它手拿麥克風，身穿黑色小可愛，下搭一件紅色小短裙，背心和裙子上都有著我最愛的螺旋圖案。啊，總而言之，一句老詞兒，還是那句「非常卡哇伊」咧！

常常到超商，都快和「超商美眉」成了好朋友。有一次去寄東西到高雄，運費一百二十元，她拿給我一點之後問：「要不要買個三十五元的東西？再送你一點。」啊，寄東西付運費也可以送點數？太意外了。當然，一直童心未泯的我二話不說，又繼續給他「消費得點數」。

電話那頭的老公說他又換回一隻貓了！但是，啊，他滿洩氣的。因為……，哀！是我已經換到的「女僕」。算算，八隻中我們已擁有五隻了，還有三隻喲，繼續努力！

回金的前一天，每日忙於上班，下班忙於照顧小孩的小弟問：「二姐，你是在集點喔？」

「是啊，因為你姐夫愛上了那隻貓。」

「對了，你有沒有『七』超商的點數？你有在集嗎？」我在想，他很少上「七」超商買東西，應該是沒有什麼點數吧？

這時，只見小弟慢條斯理地從皮夾內拿出一張集點卡說：「那這張給你吧！小孩對ＴＴ貓沒興趣，這些點數我只是覺得不拿白不拿，只是好玩的貼貼而已……。」

翻開極點卡一看，哇咧，整整七點之多。這……這簡直是「天上掉下來的禮物」，待會可得把這「輝煌的點數」好好向老公炫耀一番！

回到可愛的家中，趕緊捧出「女僕」、「海盜」、「歌手」和小弟的那集點卡奉獻給老公。他眉飛色舞、樂不可支，像個純真無邪的小孩得到禮物般的開心！啊，真離譜，都幾歲的人了！

他讓貓兒們在電視機上「排排站」，吼，越看越喜歡、越看越對眼、越看越滿意。唉！難怪人家說：「愛到卡慘死」（閩語）。可是，可是還有「白領」、「牛仔」、「魔術師」未見影兒……。啊，繼續消費、繼續奮鬥、繼續努力！

是晚，老公侃侃而談他的「集點技巧」。他真不愧是教數學的，頭腦「一級棒」，他都把「七十七、一百五十四」的金額「算得剛剛好」。

例如他買一罐鮮乳一百一十元，加上一塊蜂蜜蛋糕四十三元，總共一百五十三元，糟糕！還要一元才能得兩點。要是我一定買瓶六元的養樂多湊足，或是買個十元的小麵包。可他就不這樣買，他花一元買個袋子不就湊足了嗎？哇哈哈哈！我簡直快笑翻！真有你「精打細算」的金頭腦。他就這樣買煙、買薄荷口香糖……，無論買什麼都剛好達到「標準金額」。喔，實在太佩服他了！

他還告訴我一個超爆笑的事。那就是他在路上居然也能「尋到寶」。話說有一天在他走往停車場的路上，忽然「目揪金金」（閩語）地發現地上竟然躺著「一點」，他趕緊彎腰撿起放進皮夾內。啊，莫名其妙這麼好運「撿到一點」，真是太爽了……。

我只能說：「上帝是公平的」。老婆我在臺「丟了一點」，老公卻在金門「撿到一點」。但這「一點」不會是從臺灣飛過來的吧？

自從老公熱衷集點之後，從來只喝茶不喝什麼牛奶（沖泡型）、鮮乳的他，為了集點，竟改變起飲食習慣來了，猛買鮮乳，喝鮮乳當早餐，下午再來一杯當「茶水」喝。而我也有幸蒙其福利，打開冰箱，天天有鮮乳喝！（他得感謝我幫他喝，他才能趕緊再去買一罐。）

這天，老公喜孜孜地拿出三張滿格的集點卡，要我趕快去超商換「公仔」。最好能拿到不同款的，千萬不要又來個「雙胞胎」，甚至是「三胞胎」。啊，這都得看店員的「手氣」了，我們根本「沒得選擇」！

一下子得了三隻「公仔」，「七」超商的空間太窄，先帶回家再拆。反正家離超商很近，跑幾趟都沒關係。

我們懷著熱切期待的心，一一打開那神祕的黑色塑膠袋。

「啊，這隻是我們沒有的，這隻是誰？」老公喜形於色。「吼，是『白領』啦，男上班族。老爸你真遜！」女兒搶著說。

快……快……快，快拆第二隻！看看是什麼？唉，我們家真是「花轟」了，不就一隻貓嗎？幹嘛這麼激動？

「啊！」老公臉色大變，罵道：「怎麼又來隻『綠色』的！」「沒關係，沒關係，還有第三隻哩！也許又是不同款的。」我趕緊安撫、舒緩他的情緒。

噹！第三隻揭曉了！

「啊，老爸，運氣真好，這是『牛仔』哩，現在只缺『魔術師』了！」女兒歡呼著，雙手捧著那熱騰騰、剛「出爐」的「白領」和「牛仔」，一起加入那五隻排排站的TT貓陣營中。

「嘩！就差一隻，快大功告成了！」老公開心地說。

「唉，要命哦！無聊至極！為了這組貓，該算算投資了多少金錢。」我忍不住碎碎唸起來。

「吼，老媽你不懂啦，老爸『歡喜就好』，難得他做一次『老頑童』。何況你又可以喝著不用你花錢的鮮乳，有什麼不好？」哇，女兒「仗義執言」地挺他（因為老爸也有買她愛吃的），說話還「一針見血」，真是有夠犀利！

我望著在電視機上乖乖站一排的ＴＴ貓，不得不對他們敬禮、舉雙手投降。它們真是「魅力四射」、「魔法無邊」。被它們「迷惑」的年齡層應該不分「老、中、青少、兒童」吧！它可真謂所向無敵、大小通吃、一網打盡啊。

回家後，集點就不干我事了。哼，好歹我在臺也投資了近千元，吃的、喝的都沒了，徒留一隻貓而已。現在我只負責跑「七」超商「領貓」、「換貓」（金門也可以互相交換了）。

老公一下子又集滿兩張，得到的公仔當然是重複的。啊，「魔術師，魔術師」，我們要的、我們愛的是「魔術師」。你怎麼還不快快出現？

我又去領了兩隻貓，但依然未見「魔術師」的蹤影，遂留下電話，拜託親切、可愛的「超商美眉」幫我們「密切注意」一下。啊，我要「魔術師」！

「魔術師」終於現身了，我們終於換到了！感謝「超商美眉」的「臨門一腳」，有在幫我們留意。哇哈哈哈！拿著它，彷彿「如獲至寶」。（唉，真是瘋了！）我們的「集貓計劃」終於圓滿完成，真的太開心了！

老公「深情款款」地看著那八隻貓，一副心滿意足、悠然陶醉的神情。當然，我和女兒也很開心！

其實，我們家以前不是這麼瘋的。之前超商的任何活動（比如說磁鐵的小叮噹環遊世界、TT貓造型胸針、史努比3D變化卡……）我們都是「相應不理」、「無動於衷」的。唯獨這一次，由於老公的「一念之差」、一時興起，才讓我們一時之間和超商「往來頻繁」，三天兩頭像著魔似地往「七」超商跑……。

我感覺得出，這波「公仔」的「集點熱（樂）」，應該燒到了無以計數的「貓迷」們，這組貓像磁鐵似地吸引了廣大的消費者，領取時常常缺貨，常常發生拿不到「公仔」的狀況。

我也覺得「七」超商這招「狠」厲害！一定家家業績指數長紅。我們原本打算「再接再厲」，再集一組，但是在拿兩張「滿格卡」要領「公仔」時，哇咧，竟然要「填單子等候通知」。可見這波浪潮「熱」到什麼程度？真是熱到最高點，「凡人無法擋」。嗯，不錯！我和老公都是凡人！

老公又集十九點了，他說：「老婆，再集一點，妳就可以拿去填單子了！」但是等他買了東西，要索取點數時，小姐竟然說：「對不起，活動已經結束了，沒辦法給你一點。」

瞎密？結束了？沒點數給了？也不再受理「填單子」了？悻悻然的他走出了超商，看著壓在桌墊下「閃閃發亮」的十九點，唉！衰！功虧一簣、前功盡棄哦！

嗯！超商不給點數了，活動結束了。我們之間「共同的話題」也「解散」了，我和他也在

「七」超商消聲匿跡，極少出現了。

打開冰箱，喲！我也沒鮮乳可喝了，天天喝鮮乳的日子也結束了！因為，他也「恢復正常」，回到他熱愛的「茶香園地」、「茶水王國」來（調得還真快）。

至於我呢？最後一項「任務」就是注意接聽「七」超商的電話。嗨，「七」美眉，你什麼時候給我來電啊？我還在苦苦等候著那兩隻貓呢！還有，還有那十九點，是否可向公司情商，他日若再有「新一組的公仔」活動推出時，這些點數可以繼續使用……。

應考記

話說小女子很久很久以前從學校畢業後，近三十六年來只考過一次試，那就是「機車駕照筆試」。這會兒，早已沉寂多時、被遺忘了的所謂「考試」，竟又重新在我的生活中出現，那就是我要挑戰「美容丙級考試」！

既然定了目標，當然就著手進行，準備全力以赴地「應戰」。

可「美容丙級」要考些什麼？啊，通通「摩栽影」！只知道考試分成「筆試」和「術科」兩種。筆試是比較簡單的，可以買書自己讀，但術科可不行了，那才是考試的「重頭戲」，要實際去操作、了解才行哩。

說做就做，當下馬上「拜師學藝」。每個星期六、日的下午都準時到「生活館」去學「丙級美容」要考的科目。

當我知道該學的有「準備前十分鐘的鋪床、蓋被、重點卸妝、全臉卸妝、按摩手技、敷臉、彩妝、蒸臉以及衛生技能……」時，天啊！差點當場昏倒，要考這麼多嗎？要學這麼多嗎？

可是，考一張「美容丙級證照」不一直都是我夢寐以求的事嗎？以前礙於工作，一直沒能實現，如今我已從職場上退下來，在家做「英英美代子」，剛好可趁此機會好好學個東西，就算完全沒有任何想法，最基本的學些「美容知識」，也好把自己打理得漂漂亮亮的！而且，在學習的過程中還可以「活化腦細胞」，不用擔心「老人癡呆症」找上門！再者，一大堆的保養品、彩妝品、套刷組、大毛巾、小毛巾、美容衣……等等所有考試的必備用品，該買的該有的，我一樣不少的通通都給買了！此刻我已然是「箭在弦上」不得不發，容不得我再三心二意、猶豫不決……。所以，在永遠青春美麗、永遠只有二十五歲的麗明老師傳授下一一學起「要考的項目」。

一段時日之後，北區職訓局有一「美容美體班」委託「板橋美容協會」開課，在陰錯陽差的機緣巧合下，我在臺入了班，從此每天嘻嘻哈哈、快快樂樂地過著我「失聯已久」、被我完全遺忘的「學生生活」。

快樂的日子總是容易消逝。考期到了，我請了兩天假回金門考「筆試」。筆試當天，我和一起同門學習的寶秀看了一下「考試科別」，哇咧！那一梯次的美容科就只有我們二人應考，真是「太冷門」！而現場那麼多的女生原來考的都是「丙級中餐」。

而筆試過後兩星期內馬上就要考「術科」了。這時我陷入一種「考前焦慮」的情況中。在這裡每天密集的上課，每天「早早出門，晚晚回家」，回到家早已累得跟狗似的，哪有時間和體力再做之前的任何練習？

一向自信滿滿的我，面對著一日日逼近的術科大考，竟有點心神不寧。班上的同學都知道我很快就要「上戰場」被「烤」了！看我一副準備不足、毫無把握的神情，有的就開玩笑地對我說：「珍啊，考不過的話也沒關係，下一梯次和我們一起考。」（喔，最好不要，因為「機票很貴」哩！）有的說：「這次就不要去考嘛，下次和我們團體一起去考，同一個考場熱鬧又有伴，也比較不會緊張啊。」（啊，是很有道理啦，不過，千萬不要這麼折磨我，而且沒去考是以「自動棄權」論，報名費並不會替妳保留。）有的說：「祝你馬到成功。」（謝謝囉，這是我最希望的。）有的問：「珍啊，要考試了，你緊不緊張？」（廢話！我當然緊張，說不緊張是騙人的。）有的教我考前幾天要「勤唸咒語」（心誠則靈，勤唸咒語就有效嗎？有影磨？）有的說：「以平常心去考，不要太患得患失……。」（平常心應考？有點難喔，我當然希望「一試就中」，不用來回奔波，如果要「再來一次」的話，很煩耶。）有的說：「珍姐，你可以的，你一定行的。」（感謝啦，感謝妳對我的支持，這麼看好我……。嗚……，好感動！）大家妳一言我一語，都繞著我的考試打轉，甚至連我們那集青春、美麗、優雅於一身的伍玉霞老師也來湊一腳，她笑容迷人地說：「誰叫妳要那麼早就急著『報名』？不然和同學們一起去考不就得了……。」

唉，吼！我那ㄟ栽我會「半路出家」跑來臺灣，在這裡「重做學生」？考試是我早已在金門立定的目標，誰知世事難料，來了個「大轉彎」？在這裡每天還要如此「緊鑼密鼓」的上課，老師又一直教著「美體課程」，完全和我的「美容術科」接不上，我的期望都落空了，我還以為一開始就會上美容課的，因為這是「美容美體班」，心想趁此機會，可每天在此和同學「操練」，哪知美容課被排在下半段的課程裡。嗚……，而我就要去「戰場」考試了！

老實說，老師和班上的同學對我都很照顧，我們每天開開心心的一起上課學習，相處得很愉快。這天，那青春、美麗又很可愛，講話很ㄋㄞ的羅玉文老師看我這陣子都有點心不在焉、愁眉深鎖，擔憂著考試之事，她就主動說了：「珍啊，你星期日要考了厚！星期六早上九點帶妳的『媽朵』過來，我和伍老師給妳個別指導。」「真的？」聽她這麼一說，我大喜過望，有架好康ㄟ代誌？但是……，「要不要特別『收費』呢？」我問。「放心，完全免費義務指導……。」羅老師笑容可掬地回答。「啊，太好了，謝謝喔！」雖然說是「臨時抱佛腳」，但有抱總比沒抱好。再者，不是有言：「臨陣磨槍，不亮也光」嗎？這是最後的衝刺，我還是要給它努力一下。

試妝的這天，總算寶貝女兒很配合，一大早就乖乖地和我到協會去。進了教室坐下來後就開始畫彩妝（外出郊遊妝），這個妝三十分鐘內要完成，羅老師放了個計時器在桌旁，就自顧自地忙她的事去了！

「嗶！嗶！嗶！」時間到了，伍老師、羅老師都來檢視「成品」。我看著羅老師在一旁一直露著「可愛的嬌笑」，心裡忽然閃過一種不祥的預感，而伍老師銳利的眼光則在我畫好的整張臉上仔細端詳……。末了，她說：「眉毛要注意對稱，粉底打太薄了，腮紅要往上提一些，口紅畫得很好……。」伍老師講評完，馬上開始十分鐘的「卸妝」，我一陣手忙腳亂，趕緊把女兒臉上的「調色盤」給清掉。接著繼續畫「宴會妝」，計時五十分鐘。

「嗶！嗶！嗶！」時間又到了，但這次得等伍老師上完課，再來個別指導、講評（另有三組也是即將應考）。

午餐過後，大家都回到自己的崗位，上課的學員繼續上課，伍老師認真教學，羅老師則忙著接電話、忙著櫃臺的行政工作，我們要上「戰場」的四組人馬又各自在「媽朵」臉上忙著「塗塗、擦擦、抹抹」一番，雖然是星期六，但整個美容協會一樣「熱鬧滾滾」。

明天要考試了，預計六點起床，七點多到考場，但到凌晨一點半我還翻來覆去睡不著。沒想到我的「考前焦慮」竟然這麼嚴重，是一向安逸慣了，一下子忽然要去「被考」，心理上還真不能適應。

天亮了，醒來一看手錶，哇咧，媽媽咪啊！要命哦！六點五十分了，八點之前要報到的，新店的莊敬高職我一點也不熟，來得及嗎？我居然睡過頭了！昨晚自信能起得來，也沒交代老媽叫我。現在都快七點了，天啊，我差點哭了出來，心一直急速地蹦蹦跳著……。時間緊迫，容不得我再發呆了，當下趕緊叫醒身旁的女兒，趕緊胡亂擦了把臉，三兩下刷了牙，以最快的速度換了衣服，再猛按電梯，衝到樓下「訂」車（所幸樓下有兩戶開計程車的），然後再趕上樓，此刻，分秒必爭，一向愛美的我再也無暇顧及「外在美」了，只匆匆忙忙地擦了個口紅，什麼化妝水、精華液、保溼霜、乳液、粉底……，天啊，通通免了！對了，早餐呢？那更不用說了，甭吃了！我與女兒拎了大箱小箱的考試必備物品下了樓，匆促上車，猶仍喘息未定地對司機說：「到莊敬高職」，又急切地拜託他盡量趕在八點之前到達……。

一路上，我忐忑不安的心一直做著「最壞的打算」，萬一趕不上，錯過了報到的時間，那也只好打道回府，大不了下一次再來。想著想著，心裡沮喪萬分。

好家在，老天有保佑，司機伯伯是識途老馬，對路線還蠻熟的，他盡量抄巷弄走，閃掉等紅綠燈的時間，終於在七點四十五分到達校門口（好險！好險！），我萬分感激地付了帳，下了車直奔校內報到處……。

一到大禮堂報到處，看見應考者都已一組組排著隊準備走入考場，天啊！我的心噗通噗通跳得更快了，幾乎要蹦出來似的！我趕緊拿出證件，以最快的速度和女兒一起「換裝」、完成報到手續，接著拿出彩妝用品加入正在進入考場的隊伍當中。天啊，這是我所有考試記錄中最「驚嚇」的一次，從六點五十分開始到現在八點進入考場，只有「緊張、緊張、真緊張」七個字可以形容……。

第一場考的是我最沒信心、最不常練習的彩妝。人已在考場，既來之則安之，何況這場不考，下一場還不是一樣要考，有差嗎？我一直在心中對自己說：「不要緊張，不要緊張，照平常的步驟做就對了！」雖然如此，心中仍餘悸猶存，一顆心還是不安地、急促地蹦蹦跳著……。

考試開始了，評審老師們請一位考生抽出的試題是「上班妝」。話一說完，考生們就各自開始在「媽朵」臉上「大顯身

手」，上化妝水、乳液、粉底、蜜粉這些基本步驟，接著是畫眉、上眼影、畫眼線、夾睫毛、刷睫毛膏、抹腮紅、擦口紅這些需要審美觀、技巧性的手法、步驟。

「嗶！嗶！嗶」計時器響了，考生們都停止手上所有的動作出場去，評審老師要一一評分了。幾分鐘後，大家馬上又進場了，繼續考「十分鐘卸妝」。老師一聲令下：「開始卸妝」後，大家一陣手忙腳亂，無不加足馬力「趕快卸妝」。沒多久，「嗶嗶聲」又響起，「停！考生請出場！老師要評分了。」接著又進場考「宴會妝」，同學抽到的則是「日宴妝」，這個妝時間是五十分鐘，除了一般妝的步驟外，還要加上畫眼線液、裝戴假睫毛、上鼻影、擦指甲油。彩妝除了技巧之外，色系也不能搞混，要看時間、場合搭配「冷色系」或「暖色系」，講求在適當的場合給人一種「整體的感覺和協調的美感」，這才是彩妝的效果和目的。

在這第一場考試裡，我不敢說自己畫得多麼「盡善盡美」，但是該畫的兩個妝，所有步驟我通通都在時間內完成，一樣都沒遺漏。初時緊張萬分的心，最後隨著一道道的上妝動作而慢慢平穩下來……。

第一場考試結束後，根本沒什麼休息的時間，緊接著又排隊進入「第二考場」，這次考的是準備前十分鐘、手技按摩、蒸臉、敷面等項目。在這場考試裡，我自認為這些要考的項目都已十分熟練，沒什麼難度和挑戰性，啊，尤其是手技、敷臉，簡單啦！

當評審說著「準備前十分鐘」開始後，我趕快鋪好床巾、請「媽朵」上前躺著，蓋被單（巾）、把脫鞋收入床底、穿腳套、消毒雙手、包頭巾、填寫「模特兒資料表」，一口氣做完這些動作後，我就「閒閒地」等著評審老師發號司令：「臉部保養、手技按摩開始」。枯坐了幾分鐘，我微微轉頭，偷瞄隔壁床的寶秀在幹嘛。嚇！她正拿著化妝棉，又是往眼睛又是往嘴唇上抹，這是在做什麼？卸妝？那不是包括在下一個階段的按摩手技部分嗎？怎麼這麼早操作呢？正當我滿腦問號、一臉狐疑時，此時「同學，各做各的，請不要四處張望……」的聲音忽然響起。啊，衰！是在說我嗎？不會吧？我也才微微偷瞄一眼而已，評審老師的眼睛真的那麼尖嗎？

接著是我最擅長也最愛的「臉部手技按摩」。我的小女兒是我的現成「媽朵」，每天晚上她都喊著：「老媽啊，快來練習你的按摩啊。」倘若一天偷懶不練，她還一直猛催著呢！所以，我倆都非常喜歡這門「功課」，我樂得有人練習，她樂得躺著享受，因之我的手技按摩日有精進，這都得感謝她，但叫她讓我練習彩妝時，她則百般不從，總是逃之夭夭……。

按摩開始了，首先是「匀油兩分鐘」，把適量的按摩霜均匀地塗抹在臉上，然後就是「一個口令，一個動作」的手技按摩了。這時，「服務生」說：「額頭按摩三分鐘開始」，簡單，把三個不同的按摩動作做出來，再配合「不疾不徐」的速度及「姿勢優美」即可。三分鐘到了，「服務生」又說：「鼻子、嘴唇按摩三分鐘開始」，此時，「啊？」「咦？」，剎那間現場一片「錯愕」的驚呼聲：「那ㄟ安ㄋㄟ？」，原來是服務生出岔，說錯了次序。評審們趕緊糾正說：「剛才說錯了，現在重新計時，眼部按摩三分鐘開始」，考場恢復平靜，大家繼續專心地做著眼部按摩。

緊接著是「鼻子、嘴唇按摩三分鐘」、「頰部按摩三分鐘」、「下顎、頸部、耳朵按摩三分鐘」一區一區操作至結束後，馬上就考「蒸臉」項目了！當「服務生」說：「蒸臉開始，計時十分鐘」時，首先要蹲下來檢視水量，接著「插上插頭，打開開關」。我與三號床的考生共用一組插頭，它是「隱藏式」的，在地板下，那個開關我倆都不熟，兩人弄來弄去都沒法打開，浪費了好幾分鐘，最後「服務生」趕來幫忙，才把插座扳了出來。我倆各自插好插頭後，趕緊進行接下來的操作流程——打開開關，拿護目溼棉墊保護「媽朵」的眼睛，然後回到座位上等評審說：「假設現在蒸氣出來了！」不一會兒，我又看到隔壁的寶秀站起來，開始去操作接下去的動作。奇怪，我根本完全沒聽到評審的任何指令啊！機伶的寶秀邊操作邊使眼色，對還在狀況外、「文風不動」、彷彿「神遊去了」的我小聲地說著：「珍，珍，趕快做啊……。」天啊，此時我才「大夢初醒」，是我「失聰」太嚴重？還是我趁著空檔正在回想、思考著之前遺漏了「重點卸妝、全臉卸妝」，不知要被扣多少分？趕緊回過神來，起身一一做好後續的程序和步驟。

進行到最後一個「敷臉」項目了，這也是我的最愛。我平常沒事就勤敷臉，三不五時再把女兒抓來敷一敷，做保養兼做練習，一舉兩得，實在是太棒了！擠出我最喜歡的「高水分面膜霜」，拿起刷子往女兒臉上刷、刷、刷，就當作是在「畫畫」，也當作是在「刷牆壁」，啊，很好玩哩！敷臉沒什麼絕竅，只要厚薄適中，順著臉部的肌肉紋理敷就對了！敷臉敷好了，我看了看，嗯，不錯！條紋刷得均勻漂亮。我自信滿滿地舉手，等評審老師點點頭後，趕緊走向牆面處的蒸氣箱拿溼毛巾，再一路優雅的走回美容床來準備擦拭，不料此時……，天啊！我看到了在下

巴和脖子之間有一小處十元大小的「空白」晾在那裡（當時「自認圓滿」，沒起身查看一下），霎時一陣「天昏地暗」、「天旋地轉」，原本一顆平穩愉快的心在此刻急速往下墜落……。

唉，又要被扣分了。心情不太好。這也是我的拿手項目，怎麼可以出狀況？真是太不應該了。但不管成績如何？將被扣多少分？考都考過了，後悔也「無路用」，只能打起精神繼續面對「第三試場」的「衛生技能」。在這場考試裡「媽朵」可以休息了，只有考生單獨進場應考。

肚子好餓，餓得咕嚕咕嚕叫。昨晚晚睡又早起，從六點四十五分睜開眼睛就一路緊張到現在一口水也沒喝，此時的我又餓又累地站在考場門口排隊等著入場。忽然，一陣陣暈眩向我襲來，我感覺自己有點體力不支，有可能隨時、馬上「碰」的一聲昏倒在地。但意識清楚的我不斷告訴自己，這是最後一場了，絕不能倒下，如果這場沒考，那豈不前功盡棄？無論如何「也要撐著」。

但排隊要等多久才能入場？我覺得我已經「快窒息」，有點撐不住了，於是趕緊舉手向站在門口處的老師說：「我有點不舒服……。」那位戴眼鏡的女老師見我臉色蒼白，一副「搖搖欲墜」的樣子，馬上「很有經驗」地說了一句：「先把口罩拿下來。」又轉頭請「服務生」帶我先進考場，在位子上坐下來休息，接著又吩咐「服務生」送來一杯水，然後滿面笑容地說：「早餐沒吃哦！」啊，老師監考時見多了，果然是十分老道，料事如神。我笑笑，點了點頭，拿下口罩後呼吸順暢多了，我邊喝水，老師邊說：「這裡現在也沒有任何可以吃的東西，不然就先讓你吃個麵包或餅乾什麼的……。」喔，聽了這段話，心裡超感動，當下只有一個感覺，那就是：「莊敬高職，我愛你！」這時也有考生說：「我有口香糖，要不要吃？」老師笑著問我：「口香糖，好嗎？」我想：嚼口香糖有助舒緩情緒，馬上點頭說：「好！」「服務生」立刻遞來一片口香糖，我毫不客氣地嚼了！啊，這位非常有愛心、渾身充滿著「媽媽味道」的老師仍笑容可掬地問道：「現在好點了嗎？」心想，干擾了考場幾分鐘，實在情非得已，很感謝老師的關懷和那位提供口香糖的考生，此刻嚼著口香糖的我已元氣大增，一切「恢復正常」，趕緊笑著說：「好多了，謝謝……。」

說起這段「考前插曲」，雖然很糗又有點好笑，但這也顯示出「人間（生活中）處處有溫情」。

筆試正式開始了，四分鐘的書面作答，考的是「化妝品安全衛生之辨識」及「洗手與手部消毒操作」。考試，只要是能「用筆寫的」，其實都還OK啦！沒什麼心理壓力。但接下來要考的「消毒液與消毒方法之辨識及操作」可就慘了！儘管之前我已把「消毒液與消毒方法操作表」背得滾瓜爛熟，但我完全不了解整個考試的流程和模式，光是死背而沒做「模擬操作」（我以為也是書面作答）。面對著全場唯一的男評審老師，面對著我所抽到的器材及適用的「消毒法」，我一時呆掉了！整個腦袋一團紊亂、一片空白，什麼器材和什麼「化學消毒法」、什麼「物理消毒法」，完全都搭不上線，考試是「操作和口述」同步進行，我都說得「里里落落」。

老實說，莊敬高職的評審老師們態度都很好，她們都很親切、溫和，會叫妳「不要緊張，慢慢做……」。只是，當下的我一緊張，腦筋快速打結，哪裡還能一條條地「整理清楚」？如果錯得太離譜的話，又叫評審怎麼給分？

考完「消毒法」後我很沮喪，因此考「洗手」項目時，已經沒有任何心情再來口述講解一番（也可以不口述），評審老師應該也看得出我已臉色鐵青，再也笑不出來。此時，我的心裡在泣血啊！呼喊哀號著：「天啊，地啊，完了！完了！」在「衛生技能」裡分數起碼被扣掉一半了。當下感覺：什麼「丙級考試」嘛！不好玩，一點都不好玩！所投注、消耗的金錢、時間姑且不論，還害我「細胞死了上億個」。

唉，嘆了一口氣，雖然不盡理想，但終於也「烤」完了！我無可奈何、沒精打彩地走出試場。看看手錶，十二點整，一分都不差。想想從八點到十二點結束，真的整整「被烤」了四個鐘頭，考完一場緊接著一場，時間很緊湊，如果沒有萬全的準備，再加上緊張，那真是讓人很難完全適應的。

走回報到處的大禮堂，下午梯次要考的考生、「媽朵」、陪考的家長們已在等著報到時間開始。才十二點呢！來得還真早，整個會場人聲鼎沸，熱鬧非凡。想到「好的開始是成功的一半」，但我是「狼狽的開始」，難不成真的會是「失敗的一半」？一直在禮堂等著的乖巧女兒一眼瞧見了我，向著我招手，說她已經把所有物品都整理、打包好了，我們可以直接叫車回家了！

上了計程車，回想今天考試一直「凸槌」，嗚……嗚……，我好想好想大哭一場啊！嗚……，考得不理想，嗚……，我幹嘛沒事找事？跟人家湊熱鬧考什麼美容丙級？我不愁吃穿，又沒打算到美容館工作（平平是給薪水，人家要請的也是幼齒的美眉），幹嘛這麼自討苦吃？花錢、花時間來考一張什麼美容證照？就只是為了要挑戰自己、肯定自己？把自己搞得精神壓力這麼大！我到底所為何來？哪根筋不對了？

到家後，我與女兒狼吞虎嚥，先飽餐一頓，慰勞一下唱「空城歌」唱很久了的五臟廟。母親關切地問：「考得如何？」我搖搖頭說：「不是很好。」飯後，女兒陪著外婆午睡去了。啊，我也好想躺下來睡一覺，但又不想錯過任何課程的我，只得收拾起失落的心，疲倦地走到車站趕搭捷運，轉兩班車再上課去……。

同學原以為我會請一天假的，沒想到我會突然出現。下課後他們一湧而上，頻頻關心著、問著「戰後歸來」的我，班長秋媛說：「考得如何？」「辣媽」瑞英問：「緊不緊張？」「小女人」素杏好奇地說：「評審老師有沒有很兇？」「黑天鵝」靜芳緊接著問：「評審老師會不會緊盯著每一個人看啊？」「大姐頭」美玉出聲說：「考上了，要請我們全班哦！」「唉！八字都還沒一撇呢！如果真考上了，我請全班沒問題！」我強顏歡笑，苦悶地答著，接著又一臉懊惱地大吐苦水：「我太緊張了，錯誤連連，考得不理想……。」善體人意的「貴婦」寶惜馬上安慰我：「珍啊，如果這次你沒考上，到時我們就一起去考啊！」「是啊，考不上，只好再來和你們開『同學會』了。」此時的我，心情好多了，恢復了一貫的輕鬆。周邊的一票同學竟樂得起哄著說：「好啊，好啊，來開同學會！」「唉呀，好你個頭！開同學會是很好，可我不想再來『被烤一次』啊！」我直言直說。一旁的宥樺說：「珍，平常心吧！不要患得患失！」一向活蹦亂跳的「白雪公主」于晴嬌笑著說道：「是啊，考都考過了，煩惱也沒有用啊！不要煩惱了哦！」與我同齡的鋁美瞇著笑眼給我加油打氣：「珍，也許你運氣好，可以順利過關喔！」「啊，老天保佑喔，希望如此。」啊，大家七嘴八舌，我在班上還真不是普通的紅哩！

晚餐後，我去電回金試探老公：「如果這次我沒考上呢？」老公在聽筒那頭哈哈笑著說：「沒關係，沒關係啊，如果這次沒考上，下次再考啊！」啊，太好了！好感人喔，就等你這句話。難得一向毒舌派的他，這次沒給我「贈送毒言兩句」！之前我們還新封他為「製冰廠」廠長，這回他倒是很有風度，沒再給我「猛灑冰塊」哩！啊，有老公的全力支持，我的精神壓力完全解除。至於有沒有考上？只有靜待放榜，等「下回分解」了……。

借狗記

女兒從小愛養寵物，話說有一年她忽然熱切地愛上了狗狗，但她不要養「普通」的小狗，她要的是那種小小的、很可愛的、叫得出品種的狗，如什麼博美、北京狗、約克夏、瑪爾濟斯等等……。

老實說，除了養魚之外，我一向反對在家中養寵物。不可諱言地，小動物真的很可愛，但在可愛之餘，相對也要付出相當的愛心、耐心與關懷。

我說：「從小把你們養到大，已夠我人仰馬翻、勞心勞力、手忙腳亂的了，你們就是我們家的『寵物』了，還養什麼寵物？」

想想，從小到大，她們不知養了多少寵物，她們養過小雞、小鴨、各種寵物鼠、魚、烏龜、鰲蝦、八哥、鸚鵡、貓咪……，其中最可憐的是兔子，不知養死了多少隻？而最惱人的是，每次養到一半都是我在做「義工」，她們都只負責「逗著」、「看著」、「抱著」而已。要命哦，我才不要每次都來「收拾善後」。

這回吵著要養狗，真是令人發昏。

「喂，寶貝女兒啊，那種狗狗身價不菲呢，買一隻最少也要一、兩萬，不要『敗家』好不好？」

「狗狗不像貓咪，只要放盤貓砂，牠就會乖乖的自己去大小便。」
「養狗狗還得每天帶牠出去拉屎拉尿，很麻煩的咧！」
「而且要是狗狗有事沒事每天汪汪叫的也很吵哩。」
唉，我極力勸阻，說什麼也要打消她們養狗的念頭。
「媽咪，那是你有我們當『寵物』，我們沒有啊，我們也想有自己養的寵物嘛！」大女兒抗議著。
「何況我們家從來也沒養過狗狗啊！」小女兒附和著。
「啊，媽咪，你就讓我們養一次看看嘛，狗狗真的很可愛咩！」大小兩個女兒一面撒嬌一面動之以情，「據理力爭」。
廢話！我當然知道狗狗很可愛，不可愛你們會想養嗎？只是，老媽我仍然拒投「同意票」。姐妹倆瞧我遲遲沒反應，轉而向「面惡心善」，總是無視於我們母女之爭的老爸「下手」。
俗話說：「女兒是爸爸上輩子的情人」，果真是「經典名言」，一點也沒錯。那「文風不動」、專注地看著電視的老爸禁不起大、小女兒們一盧再盧，一向最「耐不得煩」的他，馬上招架不住，「棄械投降」。
他對我說：「啊，之前美惠（我妹）不是說她大娘姑的女兒有養瑪爾濟斯嗎？而且不久前不是還生了三隻小狗，我們請她替我們要一隻來養吧！」
哇咧，虧他還記得我們姐妹間談天的種種內容！真是被他「逮到機會」了，而且說不定還不花一毛錢哩！只是，人家是否肯割愛呢？是否捨得將牠送到遙遠的金門來呢？

當晚，他馬上興致勃勃、熱情洋溢地用他那「聲如洪鐘」、中氣十足的大嗓門去電給大妹，說什麼也得為我們「爭取」一隻狗兒來養……。

女兒眼見此情此景，樂得眉開眼笑，眼睛都亮了起來！原來平日板著臉孔、悶聲不響的老爸私底下對於養寵物也是「情有獨鍾」。對於這回的養狗方案，此刻只有一句話可形容，那就是「老爸也瘋狂」。

女兒們對於老爸「大力贊助」、「熱烈相挺」的表現「讚譽有加」、「讚不絕口」，他倆頻頻齊聲說：「爸爸好好……。」「爸爸你好好喔！」「爸爸，我最愛你了……。」

看吧，惡人永遠都是我。說到寵物，他也常常軋一腳，他和孩子都是同一國的。他不支持我，而是常常和我唱反調，常常擺明了是「來給我亂的」……。

大妹來電報告「好消息」。她在電話那頭說：「二姐，我大娘姑說看在我的面子上，願意送你們一隻狗狗，唯一的要求是你們要好好照顧牠、疼愛牠哦！」「對了，牠是排行最小的老么哦，牠叫『小戈』。」

「喔，那當然了，一定要的啦！」我向大妹「掛保證」。

「耶，太好了！我們家很快就會有一隻狗狗了！」姐妹倆笑逐顏開，就連老公也在一旁呵呵猛笑，非常臭屁地說：「老爸出馬，一定成功，有事找老爸就對了！」

對於大妹的辦事能力，我一向是「她辦事，我放心」。大妹聯絡同住在臺北市的大哥，託他前往大娘姑處抱回小戈，過幾天再和剛好去臺探望兒子、媳婦、孫子們的爸媽返金。

爸媽返金的這天，讀小二的小女兒也緊跟著老爸到機場接機，她已迫不及待地想要在第一時間與小戈相會哩！

早早之前，父女倆就為即將「大駕光臨」的新「嬌客」小戈買了飼料盤、玩具小骨頭和一個大籠子當牠的窩。今天牠終於出現在眼前，啊，真是太令人興奮了！

從手提籠子內把小戈輕輕地抱出來，歡迎牠加入我家，成為家中的一員。仔細瞧瞧，牠渾身雪白，小小的身軀、捲捲的毛髮配上烏黑的大眼睛，模樣真是十分可愛，有夠討人喜歡哩！就連我，一下子也把當初反對養狗的念頭忘得乾乾淨淨，馬上對眼前的牠「一見鍾情」。

小戈在我們家備受寵愛，全家人都把牠當小嬰兒般的疼著，孩子們放學後就抱抱牠、逗著牠玩。

快樂的二十幾天過去了，小戈從臺灣帶來的飼料吃完了，我們拿著包裝袋去買飼料，不料飼料行、寵物店都沒有賣這種廠牌。最後，在店家介紹下買了一包「幼犬飼料」回來，以解小戈「斷炊之境」。

把食物放在盤子裡，小戈聞了聞，啊，不是牠習慣吃的那種味道，一副沒興趣的樣子，看來「了無食慾」。

我們對養狗完全「莫宰影」，也不敢給牠亂吃，好擔心小戈餓肚子怎麼辦。啊，當初興沖沖地接牠來，也沒想到萬一牠挑食，吃得合不合的問題，也沒為牠多買一包食物備用，總想著在金門買就好了。

老公看我們三個女流之輩為小戈「吃的問題」擔心、緊張，一派輕鬆地說：「沒那麼嚴重啦，狗狗很聰明的，肚子餓了，自然就會吃了，以後吃習慣就好了。」

老公說得沒錯！觀望了一陣子之後，小戈終於開口吃那「盤中餐」了！吃的問題解決了，我們以為從此天下太平，啊，沒事了，之前幹嘛還窮操心的「庸人自擾」呢？

不料，幾天後的一個夜裡，小戈忽然間出現了嘔吐的症狀，起初吐了一些東西出來，後來都只有斷斷續續的乾吐聲，聽了好令人不忍。

「媽咪，怎麼辦？我們快帶牠去看獸醫啊！」女兒叫著。

獸醫？我也不知道金城哪裡有獸醫？印象中好像沒有。就算有，這麼晚了，人家都關門歇息了。

「啊，老爸，小戈好可憐喔！你快想辦法救救小戈啊！」姐妹倆看著年幼的牠正受著腸胃不適的折磨，心裡難過得都快哭出來了！

我們抱著牠，餵牠先吃個消炎藥，可牠不樂意吃，吃了一點點後照樣嘔吐。

那一夜，我們全家都沒睡好，一聽到牠在樓下的嘔吐聲就頻頻下樓探望，除了陪伴著牠，我們愛莫能助啊。

老公看著疲倦而痛苦的小戈，時睡時醒時吐，想到花崗石醫院有他認識的醫生，雖然牠是隻狗，但器官和人都差不多，到了這時候只好「死馬當作活馬醫」，他說：「天亮後就送牠去醫院。也許牠命大，會有奇蹟出現。」

一大早，老公開車火速將牠送往花崗石醫院看診、急救，請他們務必救救可愛的小戈。傍晚時分，醫生來電說：「狗狗得了腸胃炎，狗得了腸胃炎很難治癒，幾乎就等於判了死刑。」他們為狗狗做的治療（餵牠吃藥、打針）都無效，小戈已回天乏術了。

天啊，那麼可愛、幼小的生命就這樣消失了，我們竟然連牠的最後一面都沒見著……。

我們都感到很愧疚，愧對大妹她大娘姑的女兒，她將心愛的小狗狗遠渡重洋、飛越千里交給我們撫養，不想完全沒養狗經驗的我們，不到一個月的時間就把牠養死了！真是難過、愧疚、汗顏集結心中，久久無法釋懷。

我們把消息告訴遠住嘉義市的大妹，商量著是否要將此事告訴小戈的「媽媽」。「唉，不知妳們是怎麼養的，怎麼一下子就養到掛掉？算了，說了只會讓她傷心，還是不要說好了！」大妹如是答著。

看著小戈的相片，黑亮亮的大眼睛、一撮撮微捲的毛髮、一身純白的顏色，是那麼惹人憐愛，萬萬想不到牠和我們的緣分這麼淺，想不到牠的生命如此短暫。如果，如果當初沒「收養」牠，牠應該還在臺北快樂地生活著啊……。

過年時，正當大家都沉浸在濃濃的節慶氣氛裡時，大妹在閒談中提及了一件大家的憾事，那就是她大娘姑的女兒，也就是小戈的「媽咪」往生了！

年輕貌美的她很早婚，除夕夜時忽然很想家，就偕同老公騎機車回娘家，和父母、兄弟一起圍爐吃完團圓飯後再回家，不料在回程的路上發生車禍，坐在後座、正值雙十年華的她就此香消玉殞……。

啊，聽到這悲傷不幸的事件，真令人難過。只能感嘆著人世無常，而是否冥冥中總有一隻操弄命運的手在掌控著一切？讓她急於在大限前回家和親愛的家人團聚……。

時光匆匆，大概半年過去了。有一天大妹突然來電說：「二姐，我大娘姑過幾天要跟團去金門玩，說要抽空去你家探望小戈，她還隨身帶著她女兒的相片，說也要讓她看看住在金門的最小的狗兒子……。」又說：「關於狗狗的事，你們看著辦好了，大不了就道個歉，『直說真相』好了。」

瞎密？大娘姑「旅遊兼探親」？要來探望小戈？

這個消息實在太令人驚嚇了。我與女兒們商討，要據實以告嗎？還是另想他法？算起來，她是小戈的「奶奶」，若告訴她可愛的小戈養不到一個月就「再見」了，你想她會有多難過？何況她還帶了已因車禍去世的唯一女兒的相片要來看看小戈……。

「媽咪，我覺得告訴她真相太殘忍了啦，阿姨大老遠來不是想要這個『悲傷的結局』。她要看的是活蹦亂跳的小戈啊……。」大女兒發表著她的想法。

是啊，這我也知道，大娘姑好不容易走出傷痛，快快樂樂地來金門遊玩散心，還帶了心愛女兒的相片來探望小戈，我也不忍再傷她的心啊！

但是，「狗死不能復生」，又能怎麼辦呢？到時只有硬著頭皮，「直說了事」了。

「對了，媽咪，你朋友那麼多，看能不能『借』一隻狗狗來讓阿姨看一下，反正她又不會在我們家逗留太久……。」小女兒童言童語，突發奇想地說著。

對喔，一言驚醒夢中人，這個點子不錯哦！但是，要命喔！要去哪裡找一隻和小戈一模一樣的狗狗呢？

這時，我靈光一閃，想起了之前翻看《金門日報》時無意中看到兩則「狗狗廣告」，也忘了當時是出於什麼動機，讓我忽然剪下來收藏。

一一翻找著玻璃墊下一堆雜七雜八的報紙篇章，好不容易找著了那兩張小小篇幅的廣告，一張寫著：「售狗，西施幼犬、瑪爾濟斯幼犬，意請電洽二八八ＸＸ」，另一張則寫著：「售，可卡幼犬，成犬出售，意洽五一一ＸＸ（晚）」。

當下喜出望外，「瑪爾濟斯幼犬」耶！啊，說不定小戈「復活有望」了！趕緊去電問老闆：「請問你們的『瑪爾濟斯幼犬』是否有『純白色』的？」

「有啊，我們有一隻純白色的。」老闆聲音愉悅，以為生意上門了。

「那，能否向你們『租』一隻狗狗？只要幾小時就好。喔，我們願意付你鐘點費。」我開始開口「借」狗。

「啊，『租』狗？」可想而知，老闆一定一頭霧水，從未遇過「租一隻狗狗」這種事，正想著該怎麼回答。

「啊，是這樣子的啦……。」我把來龍去脈簡單地敘述了一遍。

「喔，原來如此。啊，不用租啦，我的狗狗『借』你個幾小時沒問題啦！」寵物店老闆在聽聞整個故事之後，善心又大方的一口答應「無條件」提供小狗「配合演出」，並允諾約好時間後再親自送來。

哇咧，感謝老闆的大力「贊助」，好令人欣喜！

大娘姑終於來金了，她來電說打算明天下午行程結束後，大概幾點再抽空到我家探望小戈……。今天下午是大娘姑與小戈「二度相會」的日子。我趕緊與老闆聯絡，請他趕在大娘姑要來之前，提早一小時把狗狗送到我們家來。

老闆準時把狗狗送到，我們抱著牠進了家門，仔細端詳。牠嬌小的體型和當初小戈初到我們家時沒什麼兩樣。唉，若以時間來論，快半年了，小戈應該有所長大才是。但想想，都到這節骨眼上了，誰還顧慮這麼多？最好是大娘姑因為玩得太累了，回飯店休息後就說「不來了」。

我們想是這樣想，可希望終究還是落空，因為「鈴！鈴！鈴」的電話聲響了，她已坐車朝我們家來了！

門鈴響了，我與女兒站在門口「笑臉迎賓」，其實心中卻「如臨大敵」般緊張。

大娘姑和另一個團友結伴前來，在禮貌而客套的幾句寒暄後，她一邊緊緊地抱著久違的「小戈」，一邊從包包內拿出女兒的相片對著牠說：「你看，我把媽咪帶來金門看你了！」「小戈，你還記得媽咪嗎？」

我看著相片中的女孩如花朵般綻放的笑靨、如朝陽般絢麗的青春，才正要開始另一個階段的幸福人生，誰知飛來橫禍，生命的樂章剎那間劃上休止符。我在心中為她感到惋惜。

大娘姑對「小戈」真是疼愛至極，她不時對著「小戈」說話，像對小孩般地逗著、哄著；不時輕撫著「小戈」潔白柔軟的皮毛；但更令人驚嚇的是，她也不時用她「關愛的眼神」目不轉睛、仔仔細細地在「小戈」嬌小的身軀上「巡迴」……。

天啊！神啊！我在心裡禱告著，多希望大娘姑不要再對「小戈」如此「深情注視」。因為從她進門開始，我和女兒的心都在噗通噗通地猛跳著，怕萬一應對不好，露了餡，那可就糗大了。

大娘姑看了一會兒後，喃喃說著：「小戈、小戈，你怎麼都不認識奶奶了？」「啊，小戈，你來金門以後，都把你媽咪和奶奶忘了哦……。」然後又笑著對我說：「我看小戈好像也沒什麼長大哦！」

嚇！聽聞此言，心中一驚，想著：難道她已發現這……這根本不是他們家的小戈？我趕緊回答：「是啊，小戈牠太挑食了，都吃得少少的，所以比較長不大……。」

夭壽喔，天知道我這說詞，大娘姑她信不信？也許她心裡也很存疑？只是不好「打破沙鍋問到底」吧！但也許她完全信任我，相信這就是他們家的狗狗小戈……。

所幸，大娘姑並未逗留太久，約莫坐了四十分鐘後就起身告辭。我們抱著「小戈」送他們到門口，說著心虛的客套話：「歡迎有空再來金門玩喔！再來看看小戈喲！」

望著他們的背影消失在視線內後，我們都鬆了一口氣，心中懸著的一塊大石也「碰」地掉了下來。姑且不論大娘姑到底信不信，這齣戲到此總算是圓滿落幕。

進了客廳，趕緊打電話給住在山前村的許老闆，請他來帶回已經「完成任務」的「冒牌小戈」，並再次感謝他的支持和支援。如果沒有他「義務提供」狗狗「配合演出」，我們就只能選擇說明真相。

我們寧可相信大娘姑是懷著愉快的心情踏出我家大門的，因為從頭到尾，她始終滿面笑容，沒有任何不悅之色。因為她已完成了女兒生前曾說過的：「有機會的話，我要去金門觀光旅遊，還可順便看看我的狗兒子哩！」

之後，我上三樓點香，向廳上的諸神坦白「告解」：「阿彌陀佛，觀世音菩薩及眾神啊，以您們慈悲為懷的心，一定會原諒我們這『善意的謊言』，一定不會苛責我們吧！」

這已是十幾年前的往事了，自從小戈死掉之後，我們家再也沒有養過第二隻狗狗，也許是不想讓「小戈事件」歷史重演吧。

對於可愛的狗狗小戈，牠在我們心中是永遠不會被遺忘的。至於那我們共同聯合演出的「借狗記」，則是小戈「死而復生」的「意外延伸」，在我們心中一樣永遠無法忘懷……。

失兔記

每次去逛夜市，最吸引小朋友的除了玩具店、電動搖搖車外，再來就是寵物攤了。當然，我家的寶貝小女兒也不例外。

話說有天，我倆又興沖沖地去逛夜市了。此時，一向精打細算的我，一眼瞧見了那一百元「跳樓大拍賣」的衣服、涼鞋、皮包什麼的，便努力地在成堆如山的衣物裡東挑西揀、左翻右找地「尋寶」（嘿嘿！這也是我的專長），只要有眼光、有耐心，總會挖到寶。

正當我目光專注地在琳瑯滿目的商品中搜尋時，偏偏被小女兒眼尖地一眼瞧見了那些鳥啊！鼠啊！兔子及小雞、小鴨，死拖活拉的非得過去「看一下」不可。

說什麼「看一下」？簡直像是被磁鐵吸引住了一般，她目不轉睛、全神貫注地直直盯著牠們看，嘴裡還直說著：「啊，好可愛啊！好可愛啊！」一副百看不厭、十分陶醉的模樣。

而說起養寵物，之前也不知養死了多少小動物（包括鳥、魚、烏龜、兔子、老鼠、狗等等），所以我興趣缺缺，心想看看也就算了！老實說，小動物的確很可愛，可是往往養大了，就變得不可愛了。吃的尚在其次，每天處理糞便才麻煩（總不能叫牠們不拉屎撒尿吧！）。她嘛每次逗得開心、看得高興，我這老媽還得忙裡偷閒地來「侍候」牠們，久了我就會嘮叨起來，有時就放手不管，叫她自己照顧牠們吧！所以，在養寵物這件事情上，我們是「母女不同心」。

這次她又看上了一隻兔子，老闆娘見她非常喜愛，趁機極力介紹、推銷說：「這是日本進口的『傑克兔』！是迷你型的，養不大喔，妳看，牠好可愛呢！」她說得沒錯，這兔子真的非常可愛，長長的耳朵、淺灰色的毛、圓滾滾的身體，尤其是一對眼睛特別漂亮（不是紅眼睛喔），連我看了也喜歡！想想，她也好長一段日子沒再養任何寵物了，既然她一再保證要自己照顧，不再勞動、麻煩我，我也不能太鐵石心腸、無動於衷，所以囉！忍痛掏了五百元（身價不菲呢！）買了，再買了兩百元的飼料，她才滿心歡喜地回家。

要回金門時，她捨不得把「小灰」（兔子的毛色是灰色，故名之）當作行李託運，因為牠實在太小了，放在紙盒裡當行李，怕把牠悶死或摔死。因此找了一個小紙盒將牠藏在裡面隨身帶著。在飛行途中，女兒覺得太無聊了，忍不住偷偷把小灰抱出來玩，這時剛好空中小姐走過來，一眼瞧見她手中灰色的、毛茸茸的東西，嚇得花容失色說：「天啊！妳怎麼把老鼠帶上飛機來？」女兒小聲地說：「不是啦！牠是兔子。」「小朋友，趕快把牠放回紙盒，回家再玩喔。」空姐好溫柔地哄著女兒。

回金後，小灰很快就成了我們家的心肝寶貝，我們讓牠在客廳的地板上蹦蹦跳跳，牠一小步一小步的，根本跳不高，那模樣很是滑稽，引人發笑。老公也常常逗著牠玩，叫著說：「小灰，來！來！來這裡。」牠有時會鑽到他的長褲褲管下躲起來，十分害羞的樣子，有時也探頭探腦、東張西望，好似一個好奇的孩子，每每逗得我和女兒都快笑翻，真是我們家的開心果。

女兒果然實踐諾言，定時餵食，勤於清理，除了上學之外，成天和牠膩在一起，放學進家門後，書包一放就「小灰！小灰！」地一直叫。唉！小灰在她心中的地位已遠遠超越了我們，看了真叫我吃味。晚上睡覺時，小灰的粉紅色小籠子也放在房間裡陪她，一早起床下樓時才把籠子拎到客廳。周末假日時，院子就是小灰的運動場，讓牠自由自在地跑過來跳過去。

我們這一排住家的小孩都知道我們家有一隻可愛的迷你兔，大朋友、小朋友都喜歡來看牠，逗著牠玩。自從小灰來到我們家之後，確實為我們家帶來了許多生活上的樂趣。只要我們叫著：「小灰，小灰！」牠彷彿聽懂似的，就會一跳一跳地跑來，真是一隻超級「古錐」的迷你兔。

小灰來我們家已經三個月了，牠真的沒長大多少，還是那麼嬌小，可以放在手掌上捧著、抱著。我們怕牠飼料吃膩了，偶爾也拿些嫩蔬菜葉給牠吃，牠吃得津津有味，後來我們也餵牠紅蘿蔔，牠小口小口地啃著，十分喜歡地細嚼慢嚥著。

我們常幻想，如果牠會說話，那該有多好。但牠就是一直那麼安靜，不像貓兒會喵喵叫，不像狗兒會汪汪叫，更不會像鳥兒啁啾啁啾的唱著歌。女兒說：「這樣才好啊！你不是怕吵嗎？正好兔子是最可愛又最乖的，不吵不鬧。」是啊！兔子真是最乖、最溫馴的小動物呢！

猶記那一天下午，我們一放學就把小灰放在院子裡讓牠自由活動。傍晚時，老公打電話說不回家吃飯。女兒在樓上寫功課。垃圾車的音樂由遠而近，我拎了袋垃圾出門，心想馬上回來就不用關門了，丟了垃圾後還和鄰居阿蘭聊了幾句，請教她蕃薯葉好種嗎？要怎麼栽種？我想在屋後種一些給小灰當食物呢！

也沒講上多久的時間，邊聊邊走就到家了，把門一關，我就「小灰，小灰」的叫著上樓去。往常這時候，女兒都把牠抱上樓來，讓牠在房間玩，牠最喜歡在床上表演跳躍的動作，常常看得我們哈哈大笑。進到房間後，我問：「小灰呢？」「不是在院子裡嗎？」女兒說。「是嗎？你沒抱上來啊？」我問。「我忙著寫功課呀！今天回家功課比較多。」女兒邊寫作業邊回答。

天啊！剎時一陣晴天霹靂，我頓時清醒過來，大事不妙了！小灰，小灰還在院子裡嗎？都怪冬天天色暗得早，我居然忘了小灰還未進屋上樓，而糟糕的是我「門戶大開」。

女兒和我急奔下樓，開了院子的燈一看，哇！什麼都沒有，哪有小灰那嬌小可愛的身影？女兒當場哇哇大哭起來，我也十分難過。亡羊補牢，事不宜遲，晚飯也顧不得吃了！馬上和她各拿一隻手電筒出門四處尋找「兔蹤」。

我倆一邊照著亮光一邊叫道：「小灰，小灰。」但是夜黑風大，路邊四處雜草叢生，小灰那麼小，哪裡容易找？要怎麼找？住家四周前後左右都找遍了，仍然一無所

獲。我自己也急得快哭了，心裡比女兒還難過，由於我的一時疏忽，造成如今小灰的「離家出走」，罪魁禍首是我啊！

尋尋覓覓地找了半個多鐘頭都沒啥發現，只好敗興而返。回到家，我倆仍不放棄希望，打開門口的燈照著路，打開大門，在門口放著牠愛吃的飼料和紅蘿蔔，希望牠能迷途知返，「聞香而來」……。

就這樣一直守到十一點，仍無動靜，只好失望又無奈地關上大門。一整晚，我們母女倆都愁眉苦臉、憂心忡忡，女兒更喃喃唸著：「小灰，小灰啊！你快回家吧！」看見房內的粉紅色小籠子是空的，此時我們更同心祈禱：「菩薩啊！佛祖啊！上帝啊！耶穌啊！拜託你們讓小灰能躲在一個安全的地方先過一夜，明早天一亮我們再去找。最好是明早一打開門，牠就已在門邊等著了……。」

夜深人靜，冬天的風呼呼地吹著，我倆掛念著小灰的行蹤，著急又無奈，偶爾傳來幾聲野狗嘶吼的吠叫聲，更令人膽戰心驚、緊張不已。希望、但願小灰聰明點，不要到處亂跑亂逛，萬不一幸被三五成群的野狗發現，就小命難保了。

越想越害怕，真怕可憐的小灰成了野狗們的「口中餐」，成了牠們的宵夜點心……。就這樣一夜胡思亂想，母女倆都沒睡好。隔天一早，我急急忙忙騎著腳踏車四處繞了一遍，叫著：「小灰，小灰。」卻仍無半點蹤影，此時真是心「灰」意冷，希望破滅。唉！都怪我，都怪我，倒個垃圾竟然也有事發生，竟然把養了三個多月、頗有感情的寶貝寵物兔弄丟了，「兔走不能復返」，再懊惱、後悔、傷心、自責都無濟於事啊！

女兒還算懂事，沒有大吵大鬧，她知道我也很疼小灰，不是故意放走牠的，我和她一樣難過不捨啊。但是有什麼辦法呢？過錯都已造成。中午下班時，我頂著烈日，不死心地又找了一會兒，還是什麼都沒有……。小灰走失後，女兒每天放學一進門，仍習慣性地叫著「小灰，小灰」，過後想想，小灰已經不在了！她很難過，總會對我唱著一首歌曲中的一句「都是你的錯，都是你的錯！」是啊！唱得沒錯，真的都是我的錯。再者，我也很責怪老公，為何他那晚不在家吃飯？否則他也會記得把小灰抱進屋，如果他在家，我出門倒垃圾時會把門關上，不用顧慮到女兒關著房門做功課又聽音樂，或許聽不到我的按鈴聲而久久才來開門……。老公說：「這與我何干？明明就是妳的疏忽嘛！怎麼能怪到我頭上？」唉！說歸說，怪來怪去有用嗎？小灰是回不來了！

我們難過了好久，每次女兒想到就「小灰，小灰」的叫著，讓我覺得很有罪惡感，深感對不起她。就算以後有機會再養一隻迷你兔吧，那畢竟也不是原來的小灰了。

小灰行蹤成謎、生死未卜，沒有任何答案。一想到小灰，我們母女倆就越想越難過。後來，我們不再往壞處鑽了，我們往好處想，也許隔天一早，小灰在田野或小路上蹦蹦跳跳，就被好心的路人看到了，見牠可愛就抱回家收養呢！也許小灰現在也過著快樂開心的日子，只不過是牠換了一個家、換了主人罷了！我和女兒常常這樣互相安慰著。是啊！我們想像著小灰仍活蹦亂跳地在新環境裡安穩的過生活呢！

就這樣，我們「自我解套」，漸漸從失去小灰的悲情中走出，心情也慢慢趨於平靜。到此，各位讀者，你們一定也認為「天下太平」了，其實才不呢！有一次我和女兒閒聊，說著、聊著，不知講到了什麼，我說了一句「灰頭土臉」，她一聽又「小灰，小灰，你在哪裡？你過得還好嗎？」接著又唱了一句：「都是你的錯，都是你的錯。」然後拜託我說：「媽媽！你最好不要說到『灰』字，這樣會讓我想起小灰的。」喔！我了解，我了解，說得有道理，人家是觸景傷情，女兒是說「灰」傷心。

有次她上畫畫課，問到什麼顏色配什麼顏色會變成哪種顏色。我隨意說了幾種，如紅配白會變粉紅色啦！紅配藍會變紫色……，也叫她自己嘗試、試驗配出一些新顏色，這時她又好奇地隨口問道：「那黑色和白色會變出什麼色來？」我不假思索地回答：「灰色」！誰知她一聽到「灰」色，又馬上說：「小灰，小灰，我好想念你啊！」天哪！我又犯了她的禁忌了，好在家中衣櫃內我「灰」色的衣服不多，否則「見灰思灰」，那還得了？

從此之後，我對「灰」字也特別敏感，在和她聊談時若要說到「灰」字，就得自己先「煞車」，在她的小小心靈中仍潛藏著一股對小灰出走的思念與不捨。其實，我又何嘗不是如此呢？如果不是我，現在小灰還在院子、客廳、房間、床上快樂地追、趕、跑、跳、碰呢！

今年暑假到臺，她都沒有去夜市，有一天難得說她要去「逛逛看看」，我陪著她去，走著、逛著……，「剛好」那晚寵物攤有來擺攤，她自然又在攤前細細觀賞了一番，看到小小圓圓、可愛的小白兔，又心動了，問老闆說：「這是迷你兔嗎？」「不是，這是普通兔，一隻兩百元，迷你兔這陣子沒有……」老闆和善地回答。她有點失望，我牽著他的小手，答應她說：「以後有機會的話，媽媽再買一隻『小灰』給你養……。」

小灰和我們的緣分只有三個多月，雖然牠只是一隻小兔子，但真的十分漂亮、可愛。至今，我和女兒寧可深信著小灰依然在這島上的某一個角落快樂悠閒地生活著呢……。

婚禮記

太好了，大哥唯一的閨女，掌上明珠慧珊，在眾家親友「千呼萬喚」的熱切期待中，終於要「走出家門」，出閣去也！

婚禮日期選在農曆的十月七日星期日。

婚禮，是件喜氣洋洋的事，可好巧不巧就在婚禮前兩天，莫名其妙忽然來了個「超級大眼颱柯羅莎」。柯小姐兇性大發，大駕蒞臺，雖未帶來嚴重的豪雨，但她那劇力萬鈞、橫掃千軍的「暴風」、「狂風」，讓我（首次）真正見識、感受到所謂「強颱」的震撼威力。

可想而知，大哥、大嫂每天看著隨風狂舞的路樹，聽著招牌紛紛落地的聲音，看著電視新聞的災情報導，一顆心也緊跟著懸在半空中飄盪。喜帖都發出去了，喜宴是早在半年前就訂好的（真是熱門），到時如果賓客「里里落落」，沒有「盈門」，真不知該如何收場？就連老媽和我，也不時憂心忡忡地祈禱著：「老天爺，拜託拜託，請小柯小姐息怒，趕快打道回府吧，千萬別再攪局了！」

我們每天盯著電視新聞看，聽著屋外「鬼哭神號」、從沒停歇過的「狂飆的風」，真的是「風聲鶴唳」，蠻可怕的！

星期六晚上是大家最緊張也最期待的一夜，所幸老天有眼，入夜後，那呼嘯的風雖仍不時嚷嚷著，但威力已「收斂」了許多，顯然柯妞脾氣也發盡了，收起裙擺，準備另往它處。

星期日一大早，謝天謝地，颱風警報解除。耶，太好了，太棒了，這真是「振奮人心」！舉家歡騰！

遠在嘉義的大妹一家五口，一大早天一亮，妹夫「阿里巴巴」就聚精會神，努力開車北上。啊，這杯喜酒是我們家族第三代的「第一攤」呢！慧珊是老爸、老媽十六個內外孫中的老大，這回「拔得頭籌」、搶第一，也是理所當然、「實至名歸」。

一大早全家總動員，老媽精心打扮，洗了個美美有型的頭，臉上上了點粉，穿上那花色柔美的絲絨旗袍，哇咧！雖已年近八十，但仍氣質出眾、風韻猶存，我們一票媳婦、女兒不斷給予讚美，老媽樂得眉開眼笑！

十點多，住在土城的阿才堂哥一家也來小弟家會合，因為大伯母早在數天前就專程搭機來臺參加婚禮，再則來看看許久未見的小嬸——老媽也是主因。兩個老人家感情很好，雖是妯娌關係但情同姐妹，打開話匣子就有說不完的話……。

時間快到了，小弟坐機車去中正橋下的停車場換轎車。這樣很不方便，但停車位每月的租金才兩千元，真的超便宜，只是碰到颱風或者豪大雨時，橋下會淹水，又得趕緊把車開到橋上「搶位子」，搶不到位子，就得把車開到他的學校寄放。唉，沒車不方便，有車做車奴，在臺北如果住宅裡沒有車位，也是很麻煩的。

十一點多，我們三部車出發前往餐廳。一路上雖仍下著不大不小的雨、吹著冷冷的風，但比起前兩天已是「小巫見大巫」，完全不算什麼了。

十二點準時入席，眾家親朋好友、賓客們也陸續進場。這天還真是個「黃道吉日」，有三家在辦喜事，整個樓層人聲鼎沸，熱鬧滾滾，所以喝喜酒的人要先看清楚場子，先看看放大的結婚照中新郎、新娘是誰，再進門送禮金……。

結婚在以往古老的年代裡，是人生四大喜事中是「敬陪末座」的。過去的農業社會，到了適婚年齡，男婚女嫁是天經地義、理所當然的，根本沒有「男不婚、女不嫁」的問題。而「久旱逢甘霖、他鄉遇故知、金榜題名時」反而名列前茅。但在現代，乾旱已不存在，沒有「水」的問題，「遇故知」也不用千里跋涉巧相逢，「金榜題名」固是可喜，但今日的多元社會裡，「行行出狀元」，只要努力以赴，終會「各人頭上一片天」。個人認為，反倒是結婚，應排在人生大事中的第一位才對。

縱觀今日種種，時代變了！觀念也變了！傳統逐漸消失、淹沒！報紙、新聞上離婚的數據和速度看了都讓人「怵目驚心」。當下只有一個感覺，好像「要結的」細火慢燉、精心熬煮，「要離的」又電光火石、疾如閃電，難怪有人說：「離婚要『火氣』，結婚要『勇氣』。」雖然如此，結婚依舊是婚齡男女的殷切期盼，畢竟大家都想擁有一個快樂、幸福、美滿的家庭啊！

慧姍與嘉祐愛情長跑多年，如今「功德圓滿」、修成正果，相偕步入禮堂，啊，大家都誠心

誠意地送上最重、最大、最多的滿滿祝福！希望這對新人「百年好合」、「白頭偕老」，一輩子永浴愛河哩！

大姐為了參加這場婚禮，特地添購了價格不菲的名牌套裝，因為大姐夫婦代表女方親戚坐「新娘桌」。小妹是七個兄弟姐妹中唯一的缺席者，都怪碰上「小柯」搗亂，來回機票都訂好了，偏偏無法搭機成行，否則我們兄弟姐妹還商議好要拍一張全家福呢！

喝喜酒真好，簡直就像在開「家族同樂會」。許久許久不見的親戚們在這個歡樂喜慶的場合裡都「一一現身」，互相打招呼，熱絡地寒暄問好。

大哥的兩個工程師兒子健賓和思榮，一改以往的休閒打扮，穿起西裝、打上領帶，哇咧！真是帥到不行！看到侄子如此成材，真為大哥、大嫂感到高興，為了栽培孩子，他們夫婦倆多年來的辛苦是值得的！

十二點到了，婚禮開始了！餐廳的燈光忽然全暗了下來，悠揚柔美的音樂聲緩緩響起，一縷縷的乾冰從天花板上一陣陣往下噴出並緩緩飄散開來。一時之間，在昏暗的各種彩色燈光下，彷彿有種置身夢境般的迷離效果。

新郎和他的父母親早就站在禮臺上恭候著，主持人拿著麥克風熟練地介紹新娘出場。

大哥挽著愛女的手，在輕柔浪漫的音符中緩步走出，行至走道中央時，新郎和他的父母親趕緊向前迎接。大哥親自將愛女的手交給新郎，這意味著：「女婿啊！從這一刻起，我把她全權交給你了，你得守護著她一輩子，直到永遠……。（這時我幻想著「老公模擬版」：眼露銳利兇光，嘴角微微笑著……。意思是：「小子，我把寶貝女兒交給你了，婚後如果你膽敢不好好照顧她，小心我給你好看！」）

啊，新娘在生命裡最重要的兩個男人之中「交接」的這一刻，好令人感動哦！同時擁有父親及老公的愛，臉上洋溢著滿滿的幸福，原本就甜甜的笑容，在此刻顯得更甜了！

在這幸福、歡樂、喜慶的美好氛圍裡，攝影機的鏡頭早已對焦，負責拍攝的另一組人員，開始忙碌而專業地攫取這生命中的美好時光，忠實地記錄著這歷史性的一刻。

喜宴進行到一半時，啊，主持人說話了：「各位佳賓，請到走道兩旁，我們準備了一百朵幸福的玫瑰花，將由新人們親手贈送給大家。」哦，還有送玫瑰花喔！真是新鮮。話一說完，想要玫瑰花的人紛紛擠到走道兩旁，等著分享這「限量的幸福玫瑰花」哩！

大妹也緊跟著離席，喜孜孜地拿了一束鮮豔美麗的玫瑰花送給愛女，希望已屆婚齡的愛女能早日「紅鸞星動」，希望下一次辦喜事、分享這「幸福玫瑰花」的就是她！

喜宴吃著吃著，也不知到第幾道菜了，麥克風的聲音再度響起，主持人又說話了……（啊，還有節目喔？）他說：「現在請全場佳賓站起來動一動，彎彎腰，活動一下筋骨，掀起各自的座椅套，我們每桌都贈送一張『樂透券』，看看誰能幸運地得到這份『幸福的禮物』，也預祝大家中大獎……。」

瞎密？還送「樂透」喔！哇，真是太好玩了！不等主持人把話說完，剎時全場已是一片鬧哄哄，紛紛起身離座，各自彎腰掀椅套，尋起「寶」來……。

遠來的是客，我們這一桌由妹夫「阿里巴巴」幸運地得到這份「幸福的禮物」，樂得他眉開眼笑，眼睛都瞇成了一條線！

弘弟、添弟的那一桌由剛上小一的偉偉中獎，他拿著彩券，興奮地跑來我們這桌說：「阿公、阿嬤、姑姑、姑丈，我中獎了，我中獎了耶！」弟妹秀容看著開心的小兒子，忍不住說：「你們看，真愛現，好愛現喔！」

大姐夫婦坐「新娘桌」，姐夫也抽中了，亮出了彩券，說最好中頭獎。一陣恭喜聲，大家互道：「希望中獎！」大妹說：「啊，發了，發了，我們家族抽中三張，要發了！」

抽完了「樂透券」，服務生繼續上菜，賓客們繼續享用美味佳餚。

看看時間，大概再兩道菜就結束了。這時，「叩！叩！」兩聲，麥克風又響了起來！主持人又要忙了。啊，又有瞎密「花招」？只見主持人手上拿著一份名單，名單上有在場十位「未婚女子」的芳名，他一一唸出來，請她們出列並圍成一個圓圈站在新娘四周，在「新娘的捧花」上每人各拉執一條絲帶，但其中只有一條是真正綁在新娘捧花上的，拉不掉者就可得到這「幸福的新娘捧花」，這代表著：下一個披上婚紗的幸福新娘「就是妳」！

玉婷和思榮坐在我們這桌，她也去拉絲帶，他和思榮從國中相識、相知、相戀，交往至今已十多年，感情深厚，自然也想「早結連理」。但是，她沒得到「新娘捧花」，臉上的表情有點失望。為了不讓她有失落感，我對思榮說：「榮榮，接下來的第二攤喜事就是你了喔……。」可愛的思榮聳聳肩，笑著說：「嗯，應該是吧！」美麗、乖巧的玉婷聽了這句話，臉上漾滿了笑意，彷彿那「新娘捧花」已捧在自己手上。看來，不用等多久，我的荷包又要「大失血」了！

上了最後一道水果，婚禮結束了。每桌可愛的心型汽球都被小孩搶光光，心型蠟燭、婚紗小卡也供不應求，唯一得到「新娘捧花」的小姐笑逐顏開，得到「樂透彩」的人記得要對獎喔！

婚禮結束了，三家喜事的賓客一擁而出，把整個十樓擠得水洩不通，等個電梯要等好久，可見今天真是好日子呢！

喝完了這「冠軍」喜酒，下一攤喜宴會「獎落」誰家呢？

返金後真要加緊催促已屆婚齡的兒子、女兒們爭氣點，「快馬加鞭」，趕緊加油啊！最好玉婷和思榮搶搶「亞軍」的寶座，老媽我可是一直眼巴巴地在「等著升級」哩！

這場婚禮，嗯，感覺很不錯哦！這也是我第一次見識到婚禮也可以辦得這麼生動、有趣，以後兒子、女兒也可「比照辦理」哩！

修屋記

家中的房子年代久遠、歷經風霜，看那高低不平的屋簷、殘破斷裂的屋瓦，實已垂垂老矣，破舊不堪了。

最可怕的是後牆的簷角，經不起近日來一陣陣嘩啦啦的大雨、一陣陣颱風猛吹幾回，居然乒乒乓乓地落下一堆砂土瓦礫。唉！聽了讓人膽戰，看了叫人心驚。所幸當時沒有倒楣的路過者，否則，這「從天而降」的破屋傷人該如何了結？

說起這幢老屋，唉，歷經三代人居住，歷史悠久，聽母親閒聊說除了在祖母那一代曾有小小修補過之外，就一直沒再大興土木過。而打從母親進門做黃家媳婦後，實在看不慣老屋這副不修邊幅又衰老雜亂的尊容，於是買了水泥漆，大肆粉刷，又買了塑膠布、木板條，為那時常會灑落一些小砂子的屋頂穿上一襲新衣。

所以，雖然房子老則老矣，但經過母親巧手慧心的佈置一番後，倒也變得窗明几淨，看不出破舊的痕跡，讓每個來過家中做客的人，無不誇讚家中的整潔、舒適、清爽。誰又知道讚賞的背後，藏有母親三、五年就得充當油漆工，粉刷佈置，修補這、修補那的多少辛勞和苦心呢？

雖然如此，這溫暖的、窗明几淨的窩，一遇上下雨天，可全變了樣兒。不論是臥房、客廳、廚房，全會漏水，無一倖免。所以，一看天公陰沉著臉時，我們全家都發愁了。唉，下雨天，下雨天，何止屋外下雨，連屋內也「不甘寂寞」，一滴滴、一串串的水珠不斷地由屋頂的縫隙往下掉落，這兒、那兒，到處都是。所以，家中的大臉盆、小臉盆，盛菜湯的菜盆、大鍋子、小鍋子通通用來接水啦！屋外的雨和屋內地上、床板上鍋碗瓢盆四處置放的「畫廊」，成了一幅有趣的景象。

吃飯時，一張桌子得一直挪，挪到一處不漏水的「安全位置」；睡覺時，床板上放的「接水鍋」叮叮咚咚作響，這美妙的「自然音律」伴我們入眠；端菜、端湯時，得眼觀四方、耳聽八方，嚴防雨滴落下來，成了一道「加味的菜」……。

這麼多年了，每回和下雨天「奮戰不休」的日子裡，我們捱著捱著，還是捱過來了。這期間，雖然也常常慨嘆著「該是修理房子」的時候了，但由於諸多因素，一直處在「只聞樓梯響，不見人下來」的階段。

最近巷口總是傳來一陣敲敲打打的聲音，仔細一瞧，喲！隔壁巷弄的林家何時開始整修房子了？怎麼常和林媽媽見面，也沒聽她提過要整修房子？口風可真緊啊！這一開工，讓左鄰右舍好生訝異，好端端的房子為什麼要修呢？

「唉！外表看似堅固，其實也是漏水啦！再說，時代進步了，家中沒個浴室、廁所也不行，乾脆就全部翻修了……。」聽林媽媽這麼一說，大家才恍然大悟。

時間過得真快，眼看林家老屋經過一段時日的整建，終於完工了。大家前往參觀「脫胎換骨」、變得美侖美奐的林家。

抬頭看看那高而堅固的屋頂、筆直雪白的牆壁，尤其是那漂亮時髦的磁磚地板，看得我們目瞪口呆，再瞧瞧那現代化的衛浴設備，更讓鄰里巷弄、左鄰右舍頻頻驚嘆、誇讚、羨慕……。

無獨有偶的，緊接著林家前面的另一戶林家，也開始乒乒乓乓地拆起屋子來了。原來是受到同宗「新屋」的吸引與刺激，不甘示弱地也趁機整修……，而請來的建築師傅和工人，就是先前整修林宅的那批「原班人馬」。

看來這幾位師傅「聲譽不錯」，「手藝頗佳」，不馬虎、不怠慢的認真態度已是口耳相傳，頗得客戶歡心。

沒多久，眼看這戶林家又快接近完工階段了……。

母親看著林家的新屋，心中羨慕之餘，想想，以我們家現在的經濟能力，已能負擔修屋之資。難道真要等到房子塌了，才來亡羊補牢嗎？

於是，幾年前「動過好幾百次念頭」的老話題——修理房子，又搬出來重新討論了一番。最後，母親終於有了決定，為了讓大家能有安全的居住環境，修屋「勢在必行」！

由於我們居住的屋子並非私有土地，只是祖母臨終時曾說及父親的六個兄弟可共同居住而已。因此，在徵得擁有高樓的伯母及叔叔、嬸嬸的同意之後，才開始著手進行修屋大事。

首先是請師傅及工人，結果問遍金城三組專門翻修老房子的師傅，他們的工程都一家接著一家排得滿滿的，若要輪到我們，可能得排到明年下半年度了。

母親這一聽，彷彿當頭被潑了一盆冷水似的涼了半截，好不容易才做出的決定，難不成又要變卦？時值農曆十月份，母親說：「等到明年太久了，每次下雨時屋內就一團亂，說不定那時候，屋角又塌下一處來喔！」「那好嘛！省得拆！」我說著。「去你的，住著這一家子人，傷了怎麼辦？」小妹笑罵道。

其實，莫怪母親發愁，急著要修房子。實在是去年春雨下得太多了！屋頂漏水也就罷了（習以為常了嘛），現在居然連地板都像口井似的冒出水來，弄得一客廳都是水，真是太誇張了！

我們拿著畚箕、掃把，拼命地把水往院子裡潑，水還是不斷地從地磚縫裡冒出來。我不信邪，找了幾件舊衣服，想堵住那出水的位置，母親見狀說：「憨孩子，沒有用的，我們家地勢低，屋後的防空洞終年累月的積水無法排掉，現在又連下幾天的大雨，自然往我們家裡倒灌。別費力氣了，擋不住的。」

果然，堵歸堵，水還是源源不斷地往上冒。我更記得，臨睡前，分明已把水淘淨了，到了夜晚十二點多，口渴的我想到客廳喝杯水，出了房門，一腳踏入客廳，「噗通」一聲，整雙拖鞋都溼了！急忙開燈一看，不得了了，何時客廳已淹了幾公分高的水。唉！眼看這一地汪洋，只有等天亮，再「大家一起來」勞動勞動筋骨，玩玩潑水遊戲了。

師傅請不著，屋子要如何修？我說：「等就等吧！也不急於一時，那麼多年都過了，還在乎那八個多月嗎？」

「小孩子懂什麼？今年是『大朝年』，最好的一年，何況我們的房子是坐北朝南的方向，今年翻修最好，大吉大利呢！」母親言之鑿鑿，懂得頗不少。

其實，以我們年輕一輩的想法，房子什麼時候修都好，哪來那麼多規矩和迷信？什麼房子也有神明（地基祖），不是可以隨便亂動的，弄不好會禍及子孫。說來說去，總而言之一句話，要修就趕在今年修，明年免談。

這真是個大難題，年關將至，大家都趕工趕得緊，任你面子再大、說盡好話，人家也不願破壞規矩，跳過好幾家，先修你這家。正當大家一籌莫展的時候，我靈光一閃，想起老公曾說過，他有個表哥以前在臺時是做建築的，現在回到老家居住。啊，不知他會不會整建老房子？我想，同樣是房子，除了屋頂不同之外，其他如牆壁、地板、門窗、磁磚都是一樣的，應該沒啥問題。

我把這事告訴了母親，母親和娜妹聽我這麼一說，彷彿在黑暗中亮了一盞明燈，趕緊催促我去問問看，如果他會修的話，就請他來好了。

那天，我和娜妹興沖沖地專程搭公車至他家拜訪，說明來意後，表哥一口答應，說過兩天馬上來看房子，我那臺灣表嫂也在一旁連聲說：「會啦！會啦！他也有修理過老房子。我們屋前那個屋頂漏水，也是他修的。」聽他們語氣如此肯定，我們像吃了定心丸似的，高高興興、滿懷希望地回家向母親稟告交差。

過了兩天，乾乾瘦瘦的表哥騎著他那輛老爺摩托車來了！母親把從卜卦先生那兒算來的「動土」日子和時辰告訴他後，我們就準備搬到向鄰居租賃的房子裡住。

動土的那天，表哥拿著鐵鎚到屋頂左右兩邊各敲幾下後，就匆匆忙忙地下來了。母親見狀說：「我看他好像不會欸，人家動土的工具應該是一邊帶有尖頭的鐵鎚才對，而且敲打時要唸咒語，他怎麼半句也沒唸？」

老爸說：「我們請都請他了，就放手讓他做，否則這時候根本請不到人，大家都有工在做啊！」母親心中雖然疑惑，但為了要趕在今年這個「好年」內翻修，也只好姑且靜候表哥日後的「大顯身手」。

開工這天，一大早，表哥果然帶來了三名工人。首先，先拆屋頂，唏哩嘩啦、乒乒乓乓地，才一天的工夫就把破爛的屋頂掀了。第二天，他們清除了屋內的廢土堆。但第三天可就怪了，表哥只帶了一名工人，叨了根香煙，繞著光禿禿的牆壁四周轉來轉去，瞧這兒、望那兒的，好像無從下手似的。轉了一個早上之後，對母親說，下午他不來了，要他先請木工師傅來「釘屋頂架」後再說。

母親一聽，差點昏倒，翻修房子就是全由師傅一手包辦（包括釘屋頂架），那有分什麼土工、木工的？這下怎麼辦？屋頂給掀了，不遵照表哥的「指示」行嗎？只好交代老爸四處去請木工師傅來弄屋頂架。

隔天，木工師傅帶了一隊人馬，蹲在牆頭上，橫的樑、直的條板，敲敲搥搥，熱熱鬧鬧地釘了個工整漂亮的屋頂架。反觀表哥卻悠悠哉哉地在下面閒逛，也不幹啥事兒。

收工時，木工師傅說：「這人就是你們請的師傅啊？我看他好像完全外行喔！照說我們在釘屋架時，他就該動手挖窗戶、塞牆縫、安裝門框才對，這些活兒他怎麼也不動手做呢？」母親看著表哥這幾天的表現，心寒不說，更是著急，看樣子似乎「牛頭不對馬嘴」，請錯人了，當下命令我速回婆家，再向大嫂仔仔細細地探聽一番。

天色都近傍晚了，事關緊急，不回去不行，我馬上搭車前往古寧頭，下車後趕忙向大嫂詢問表哥的一切。大嫂說：「他以前在臺灣好像是當工頭的，後來攜家帶眷回金居住。前幾年和村子裡一個老師傅合伙翻修老房子，不久後，老師傅也遷臺依親，剩下他一人就沒工可做了……。」這一番話，聽得我頭皮發麻，臉都綠了。

天啊，都怪我糊塗又天真，什麼「洋樓與老屋差不多」，啊，這一「差」，可差得「多」了！蓋洋樓沒什麼忌諱，翻修老屋可不一樣，屋頂架太高也不行，太低也不行，門、窗都有一定的尺寸。難怪表哥只繞著房子打轉而不敢下手做，怕萬一把「寸白」搞錯了，傷了它可不得了。

大嫂見我一副愁眉苦臉、憂心忡忡的樣子，連忙又安慰我：「你放心好了，他這人頭腦精得很，既然有膽子接下你們家的工程，自然有把握把房子修好，他自己不會做的，一定會去找人家來替他做，事已至此，不要再操心了！」

屋頂架好了，表哥經過幾天的東奔西走，總算請來了個老師傅與他合作「修屋大業」。隨和、勤快的老師傅開門見山地說，這陣子正是農忙收割期，他修房子只是「副業」，屬玩票性質而已。他是經不起表哥好說歹說才答應的，但他只負責「屋頂部分」就罷手。

急性子的母親眼看表哥一人根本「難撐大局」，房子讓他去搞，不知要修到何年何月？當下立刻央求老師傅，既然來了，務必幫忙幫到底，就當作是做好事，功德一件。

善良、忠厚的老師傅亦深知表哥的為人，他只是一個包工程的工頭，要他親自下海「整建房子」？難喔！老師傅了解我們目前所處的情況：屋頂拆了，老舊的門窗也扔了，我們已是「騎虎難下」，能說停工，「另請高明」嗎？

老師傅和母親約法三章，說他不敢保證天天都來上工，因為他也必須兼顧農事，但他答應盡量幫忙完工。至此，母親多日來心中的一塊巨石方始落地，總算「上蒼有眼」，來了一個「救星」。

自從老師傅來了之後，情勢大為改觀。表哥也不再縮頭縮尾地不敢動手，他跟在老師傅身旁「當助手」。屋頂架和屋瓦在老師傅熟練的身手下，兩天就鋪好了。接著，老師傅在牆上一一劃定窗戶的位置和門框的高度……。

工作進度雖然緩慢，但總是「有在做」了。嚴寒的冬天，日頭短，總感覺才上工不久，休息一下吃個點心，怎麼一會兒就收工了？

門、窗定位後，接著是削牆壁，年代久遠的老屋建築得十分粗糙，牆壁凹凸不平，有的厚、有的薄，有泥土牆、有石塊牆，要一面面削平、補平，也不是件容易的事。

抹好了牆壁最細、最光滑的表面之後，接著是鋪地板。至此，大致來說，工程已可算是完成了一半。剩下的廚房和浴室，就要看表哥的拿手絕活——鋪磁磚了。憑良心說，表哥鋪磁磚的技術不賴，十分堅固、工整，可惜美中不足的是，他工作「慢得出奇」、「慢得離譜」。

我想，這就是他最大的致命傷，也是他無工可做的原因吧！一整天的時間，數數算算，就只鋪了那幾行。而昂貴的工資是「以日計算」的，這樣的工誰請得起？

身子瘦弱、怕冷的表哥，大白天都還得點一百燭光的燈泡來「散熱」、驅寒。早上來了之後，固定要慢條斯理地抽幾支煙，喝喝好茶，然後東摸摸、西瞧瞧的慢慢搞。老公家的親戚，也不好拉下臉來說他，只有咬緊牙根，任他一個勁兒地「龜步」。

這種吊兒郎當、拖拖拉拉的工作態度，讓在偏間屋頂砌欄杆的老師傅看了，也不禁搖頭嘆息。難怪大嫂曾說：「他工都做得比蝸牛爬還慢。」（大嫂有請過他去鋪地板磁磚）這回真是讓我們也領教了他的獨門功夫——「拖字訣」。

眼看著十月動工，過了十一月，已是十二月初了，老師傅負責的部分早就做好了，剩下的是表哥的零星部分。明明幾天就可做好的工作，他還「依依不捨」的慢慢做、慢慢拖。

母親算算初十六「送樑神」的日子快到了，再不搬入新屋拜樑神，神上不了天庭，事情可就大了。於是三拜託、五央求，千請萬請，請表哥務必在初十六那天完工。

心有不甘的表哥板著臉孔勉勉強強、嘀嘀咕咕地答應了。我們都好興奮，為了節省開支，全家人開始著手粉刷牆壁、門、窗，每人一桶漆、一把刷子，工作得賣力又有勁。

粉刷工作做好後，我們每天都陸陸續續地把家具搬入新屋。獨自留在咱們家幹活兒的表哥，看著我們興高采烈的樣子，心中應該頗有感觸吧。因為再過兩天，他又得回家，無所事事地到處閒逛。

謝天謝地，在初十六這天下午，表哥終於把那一個小角落的幾塊磁磚鋪全了。當天下午立即結算工資。當然，由於表哥的個人因素，工錢超出預算很多。但看到一幢破舊的老屋「脫胎換骨」、「改頭換面」，變得又堅固、又漂亮，大家也很興奮。想想，錢是人賺的，「留得青山在，不怕沒柴燒」，心中也就坦然許多。

回想整整近兩個月的辛勞，真是永難忘懷。每天總有做不完的事，一大早起床就得燒開水泡兩大壺的茶，買香煙、買茶點，買菜、洗菜、切菜，再煎、煮、炒、炸的張羅午飯、洗碗……等一堆雜務。母親更把午睡習慣都改了，一過三點，就忙著準備點心。烹飪技術其差的我，只能做做跑腿的工作，買東西、打電話叫貨，做做小家事。看著母親每天為了準備午餐及點心，常忙得團團轉，我卻一點忙都幫不上，真是愧為女兒身。

母親除了要打理萬般瑣碎的雜事，尚得負責監工。窗子挖得太低了，母親要求師傅稍為提高一點，走廊兩頭的尺寸不平均，母親也請師傅把它擺平。欄杆弄斜了，母親一瞧，也要求一一修正。門後牆的水泥抹得太厚了，把客廳的門弄得「只能關不能開」，表哥和老師傅共削了三次牆都沒能搞定，母親乾脆拿起工具，自己動手削牆。

母親出馬，萬事皆成，終於讓客廳的門服服貼貼地靠在牆壁上。無可諱言，老師傅只是「會」修房子而已，技術方面並不精通，偏偏遇上了事事求好、處處求整齊美觀的母親，一點兒都不能隨便、馬虎。

為此，也累得母親在勞力之餘，還得勞心的看這裡、看那裡，這兒偏高了，那兒歪了、斜了，時時給師傅「技術指導」一番，簡直成了「總工程師」了。難怪母親總嘆道：「唉！要是請個手藝巧、技術精的師傅，根本用不著我多費唇舌，自己自然懂得該如何做，才能把房子建得整齊美觀，也用不著我這麼操心啊！」

所以，咱們家的新屋能有如今這個形象，全歸功於母親鉅細靡遺地監工所致。否則，不聞不問地任由表哥和老師傅去建，說不定給蓋了間「烏龍院」呢！

在這段修屋期間，我們全家總動員，分工合作、同心協力，遇到困難，想盡辦法克服，為的是讓工程能順利進行。

農曆十一、十二月，將屆過年，建屋、修屋者都急著完工，因此，那段日子材料奇缺。光是找架屋頂的木板條，老爸和老公跑遍了金城的木材行，一家家問、一家家買，剩多少買多少，總算拼湊著買足了數目。

表哥修屋工具不全，缺這個、缺那個，還得老爸和老公四處去借來給他使用，否則怎麼工作？老爸上物質處批的一百二十包水泥，一會兒蓋洋樓的堂姐來調借個二十包，一會兒開洋灰行的林老闆也來借十六包，好應付買主，在修租屋的舅舅也來借個八包，等到我們存貨用完，向這幾位要回水泥時，三位借主都拿不出個十包、八包來，急得我們像熱鍋上的螞蟻，只好暫時休工兩天，母親也趁機喘口氣，清閒一下。

修屋期間，我最敬佩母親，她非但精明能幹，最難得的是她堅忍的毅力及「寬容的氣度」，在這段非常時期發揮得淋漓盡致。面對吊兒郎噹，凡事我行我素，不論他人如何笑話、議論，都能處之泰然、蠻不在乎的表哥，母親都能「強忍氣、苦吞聲」地對他和顏悅色、以禮相待。為的是此位表哥是女婿的親戚，本著「好聚好散」的原則，寧可多付出超額的工資，也不願落人話柄。

我對母親一直深感愧疚，都怪我做事莽撞，母親先前就吩咐過我，要我先向大嫂探聽表哥之後再做定奪。我卻認為修房子是小事一樁！又不是蓋洋樓，回婆家後也沒向大嫂提起這回事，便和娜妹逕自到表哥家聘請。

如今，經過這段期間的種種波折後，方知這不是「小事一樁」而是「大事一件」。請來了個「工頭」充當翻修老房子的「師傅」，笑壞了左鄰右舍不說，比起前兩戶林家還多花了近五萬元。而林姓兩家的面積比我們家大得多，也是整幢翻修，光靠兩名師傅、一名小工，只花三十五天的時間就完工了（可見技術熟練、工作勤快），日酬是大工五百元，小工三百五十元，而且師傅都住在城區，午飯回家吃。

而我們糊裡糊塗請來的表哥，上工十餘天後，我們才開口問價碼。令人吃驚的是，他開口的日酬是大工六百元、小工四百元，午餐還得由我們供應。面對這「獅子大開口」的表哥，「誤上賊船」的我們也就認了，但問題是表哥的工作態度和效率奇差無比，上工五十餘天，這段日子的我們只有「忍和氣」可以形容。

附近的三戶人家亦有意翻修老房子，原想表哥若表現良好，就請他續接工程。結果看我們被他整得七葷八素的，嚇得都打了退堂鼓。表哥這遠來的「和尚」不但經唸得不好，而且價碼與城

區相較還偏高，並須附帶午餐，自然他們都寧願耐心等候負責修建林家的那一組人員。

由此可見，做人只要誠懇、厚道，做事只要勤快、認真、負責，不怕生意不上門。而且眾口鑠金，交相讚譽，也為自己豎起了「金字招牌」，又何愁生意不上門，無利路可尋呢？

「不經一事，不長一智」，一點也沒錯，雖然為了這幢老屋，我們忙得焦頭爛額、心力交瘁，但也從中獲得了不少的知識及教訓。以後行事，必得事先有周密的計劃、審慎的考量，事先打探清楚後再行動，萬萬不可像我們這樣隨隨便便、莽莽撞撞。

經過了這次教訓，以後我再也不敢亂出什麼主意了。難怪老公笑著罵我說：「誰叫你雞婆？你只知其一，不知其二，還亂起什麼鬨？他要是真幹這行的話，我不是早就向丈母娘推薦了？」唉唉！真是都怪我，都怪我「急於邀功」。雖然母親從來沒責備過我，但是這段修屋記的種種過程，種種狀況與波折，我卻是銘記於心，無法忘懷。

香火袋

老實說，在科學昌明、工商業發達的今天，對於所謂的「神明」，我一直抱著一種不予置信的態度。

尤其是島上的居民普遍家中拜拜特多，再加上地區特定節日的大拜拜，總看母親一人在廚房裡進進出出，忙得團團轉，而越幫越忙的我又插不上手，免不了私底下對「至高無上」的神明和作古、「早已投胎」的祖先一陣陣嘀咕、抱怨。當然，若不小心被老媽聽到了，那準挨一頓訓囉！

每逢哪位神明壽誕，只要在城區內，母親總提著籃子，裝滿牲品、水果香燭、金紙，趕著去朝拜一番。我們這些小蘿蔔頭則在家裡等著，等母親拜拜回來，好分享那「神明的食品」。

及長，即使有那麼幾次曾陪著母親一起上寺廟燒香拜拜，但不是勉勉強強地被拉了去，就是基於一種在家閒著也是閒著，不如出去逛逛也好的心理。

跟在母親身後，我只是一名小僕僮，幫母親提著籃子，進了寺廟點點香，然後，母親在諸神面前虔誠地跪拜，手上拿著香，口中唸唸有詞。我則四處瀏覽廟中神佛、廟中雕刻、廟中景物。母親拜拜，我來觀光。

有時，母親見我這一副觀望的樣子，就說：「阿秀ㄟ，怎麼可以這樣散漫？要學學怎麼拜拜啊，將來也要當人家媳婦的……。」我不明白當人家的媳婦和拜拜有什麼關係。

前一段日子，在臺的弘弟來信說即將入伍。母親在收到信的次日，擱下家事，急急忙忙地準備了拜拜的所有物品，又囑咐我一同前往寺廟拜拜。我一聽，這回是要在城區的「東西南北」門各廟巡迴燒香拜拜，頭就先發暈了，又不敢違抗母親的「懿旨」，只有乖乖地拿起籃子跟了去。

從我們家附近的五嶽廟到位於街中心的靈濟寺，再到中興路的北鎮廟，後又轉到最鼎鼎有名、香火鼎盛的城隍廟，再到南門的「天后宮」。繞了這麼一大圈，我都有點心浮氣躁，反觀母親，在一片香煙氤氳中，母親仍無絲毫倦意，在每尊神明面前，還是那麼全神貫注，虔誠地向菩薩禱告、祈福，祈求菩薩諸佛保祐即將入伍的兒子軍旅平安，得同袍、長官愛護……。

在那一刻，突然有種莊嚴、肅穆的氣氛向我湧來，我深深地被母親的虔誠所感動，感受到「心誠則靈」這句話，往日的嬉皮笑臉一掃而空，趕緊跪在母親身旁一起膜拜。

回家後，母親細心地縫製那小小的、紅色的、四四方方的香火袋，然後把從各寺廟求來的香灰一一放入，再請爸爸用毛筆寫上各神明的尊稱，數數有五個之多，當晚便連信一併寄了去，殷切地叮嚀弘弟要記得隨身攜帶。

我在金城國軍賓館的服務臺工作，每當阿兵哥們從口袋掏出「補給證」要登記住宿時，有時總會掉落下一、兩個香火袋來，甚至是當我打開補給證時，更常發現在那透明的塑膠封皮內夾有一個、二個，甚至三個香火袋。

這時候，我們就相視，然後會心一笑，我會說：「我弟弟也在當兵，我媽媽也給他帶了好幾個香火袋，啊，比你還多哩！」

其實，小小的香火袋本身並沒有什麼奇特之處，可貴的是，在你生命裡的「綠色旅程」中，這小小的香火袋盈滿了母親對孩子無限的愛與祝福，時時祈禱著孩子的健康和平安啊！

情繫金門——星星堆滿天

現在這個社會早已不是以前那個純樸的社會了，什麼都有，什麼都不稀奇。電視和報紙上每天的新聞事件更是光怪陸離、無奇不有，尤有甚者，是詐騙集團的行蹤無所不在，花樣不斷「推陳出新」，詐騙手法讓人防不勝防，所以「防止被騙」成了一種全民運動。

可我自認是「老江湖」了，不是省油的燈。有道是「兵來將擋，水來土淹」，再而「蟑螂怕拖鞋，烏龜怕鐵槌」，還不知道誰怕誰？誰騙了誰呢？

話說那天下午，手機響了，「喂……」，是一個聲音極其悅耳的女聲。對於完全不認識的人，我都保持著戒心。通常我不會馬上掛電話，因為我很想知道，對方到底要玩什麼把戲、耍什麼花樣？

「小姐，是這樣的，我們公司為了慶祝母親節，要送出一百組高科技的保養試用品，一組有十瓶喔，從洗臉、化妝水、精華液、乳液、面膜、早晚霜都有，是一系列的喔！」對方熱誠而熟練地說著。

「啊，有這麼好康的事喔？妳們公司真好！可是我已經習慣用某一品牌哩！」閒著也是閒著，我也放輕鬆地和她哈啦起來。

「小姐，這種機會不多哦，這是限量的哩。我們的產品很好耶，妳可以試用看看啊！」拿出看家本領，她仍繼續努力遊說著。

「是喔！」我漫不經心地應著，這種電話我也接多了。

「對呀，用了之後，妳會愛上它的，對了，還沒請教妳貴姓芳名呢！還有，請告訴我妳家的地址，我們馬上用快遞寄給妳。」

要知道我的名字喔，嗯，「防止被騙」的第一步是不能隨便洩露自己的資料。我當然不能「據實以告」我的真名，便隨意用了老公的姓說：「我姓李……。」

「那芳名呢？」她追問著。

「喔，我叫玉秀。」覺得這個名字還不錯，至於地址呢？暫時不說。

「那我以後就叫妳玉秀哦！對了，先告訴妳，我們公司要酌收工本費和運費兩百五十元喔！」啊，這是重點，她「打開天窗說亮話」。

「蝦密？還要收費喔？那我不要了，不是說免費贈送試用品嗎？妳們公司怎麼可以這樣？」趁此機會一口回絕，而且一向節儉成性的我，怎麼可能掏錢買蝦密「試用品」？說是請我們試用，卻還要我們付費，有點划不來！

「唉呀，玉秀，兩百五十元讓妳體驗十瓶產品，一瓶也才二十五元，公司只有收取運費而已啊，不要猶豫了，機會難得，請把妳家的地址告訴我好嗎？」她繼續說著，態度仍是熱誠又耐心，聲音仍是那麼的好聽。

這讓我漸漸卸下了心防，對她有了一種好感。嗯，好吧，我願意給她一個業績，我把家中的地址告訴了她，然後掛上了電話。

結果，幾分鐘後手機又響了！

「喂，玉秀，很抱歉喔，我們老闆說不寄外島只限臺灣本島耶！」她語氣略帶愧疚地說著。哇咧，這家公司還真跩！嫌金門運費貴又沒市場價值，不寄！這可真把我惹火了，我都同意「貨到付款」了，他們還這樣擺高姿態？真把金門看成是寸草不生的「邊疆地帶」喔？實在是「太超過」了！

想想，手頭上的保養品瓶瓶罐罐，有的沒有的已經一大堆了，不寄也好，省得再來「湊熱鬧」。我說：「喔，是喔，沒關係，不寄就算了！」

「玉秀，對不起喔，希望下次有機會能替妳服務！」聽筒那端的她仍是連聲抱歉。

「喔，真的沒關係啦，買賣不成，仁義在嘛！」嘴裡這麼回著，但是我想知道她們撥通電話，真的是如外傳所言的「亂槍打鳥」？好死不死、好巧不巧地就撥通了嗎？還是我有什麼資料外洩了？我提出了這個問題問她。

她在那頭邊笑邊說：「對啊，我們就是這樣隨意按鍵組合的。」她的坦白讓我有點訝異，我說：「哇，那我不就成了妳的『獵物』了！」

「啊，我也沒想到我居然會撥到金門去耶，這也算是一種緣分吧！」她如是說。

緣分？「亂槍打鳥」的電話也算緣分？這有點太扯了吧！我們又聊了幾句就互道「拜拜」了！

過了好一陣子，我已經快把這事忘了。可有一天午後，正想來個小寐時，手機「鈴！鈴！鈴！」地響了起來！

「喂，玉秀啊，妳在金門嗎？」玉秀？叫我玉秀？我的頭腦一時態態「轉不過來」。繼而一想，嘿，是她，那個「美容諮詢員」，怎麼開口就問這一句？而且語氣聽起來很懷疑喔！

「是啊，我是金門人，當然住在金門！」我斬釘截鐵地回答。

「啊，其實我也有去過金門耶！我還住了十五天哩！」她一聽我「人在金門」，語氣中忽然熱情、興奮起來，馬上透露著這個訊息。

「真的？什麼時候？」我一聽她居然「來過金門」，剎時比她更high，心想：十五天耶，住得還真久，是什麼樣的機緣？跟團旅遊不太可能，那是探親？還是自由行？

「喔，是民國七十五年啦，我大三那年放暑假參加金門戰鬥營時去的。」蝦密？七十五年，那已是二十二年前的事了！年代還真久遠咧！

「我們那一梯次是戰鬥營停了十年後的第一次續辦，所以大家報名好踴躍也好期待喔……。」

「停了十年？為什麼停了十年再辦？」這真是令人大惑不解，於是我問道。

「因為軍情局發現大陸對岸在海防線都設置了飛彈，怕有危險，所以就停止再辦戰鬥營了，這一停就停了十年！」真的？我怎麼都「莫宰影」？可見當時的我是多麼的「不問世事」、不食人間煙火，想來真是汗顏。

「我們那一梯次有男生一百人、女生九十六人，我還記得我們乘坐的船艦是五二五號，回臺灣時的船艦則是五二九號哩！」

「哇，妳記性真好！」那麼久的陳年往事了，她連這船艦號碼都牢牢記著，讓我不得不佩服她！

「那時金門還是戒嚴時期，我們能藉由戰鬥營去到聞名中外的戰地金門，大家心中都好興奮！而當時能夠有資格加入戰鬥營的大學生，都是學校的菁英份子，所以，一下子有將近兩百個國家未來的棟樑要前往充滿神祕色彩的戰地金門，海防司令很緊張，特別派了四艘補給船在前後左右保護我們，甚至在空中還有兩架直升機一起護航，五艘船浩浩蕩蕩地在海上航行，再加上空中的飛機，那場面真是壯觀，令我一輩子難忘哩！」的確，想想這場面，好像在拍電影，要換作是我，肯定也記憶猶新。

「我們都住在第二士校，妳知道一到夜晚，我們這些學員最喜歡做什麼事嗎？」喔，她在賣關子、搞神祕。民國七十五年還是個很封閉的年代，晚上不就烏漆抹黑一片，能有什麼新鮮事？難不成你們天天開party嗎？

「啊，你們最喜歡做什麼事？」好期待她的下文。

「啊，妳知道嗎？在臺北想要看到天空的星星是不可能的事，那是一種奢望。但在金門的第一個夜晚，帶給我很大的震撼與浪漫。那天天一黑，哇塞！彷彿一下子天上所有的星星全跑出來溜達、聚會了！我們這些學員都好興奮、好雀躍、好驚喜喔！全都看呆了！在臺北想要看到這種『星星堆滿天』的情景，機率是很小的。而在金門這個地方，好感動大自然給了我們最美麗、最

奢華的夜晚。所以，我們每天一到晚上，都悠閒地躺在草地上，邊聊天邊望著滿天星光燦爛，好像一伸手就可擷取滿滿一把的星星哩！這種情境和感覺真的很美好，直到今天，我仍然無法忘懷……。」

天啊，靜靜聽著她娓娓細訴，她說話的語調充滿了感情，可以感受到她濃濃的眷戀，並沒有因為二十二年的時空間隔而變淡。

我驚訝於她絕佳的記憶力，對事、對物感受敏銳而深刻，思路清晰，敘述極有條理而且極富感情。我深受感動，覺得她的諸多特質實在太適合寫文章了。

「我爸爸當兵時也在金門哩，不過，他是在小金門。冬天時金門很冷，偶爾他也會喝喝高粱酒禦寒。」談到她父親也來過金門，語氣仍是興奮莫名，有種與有榮焉的感覺。

啊，說到我們金門鼎鼎大名的高粱酒，我便問道：「那你們有沒去參觀金門酒廠？」

「有啊！當然有去參觀金門酒廠。我還記得當時的廠長說他姓『假』，他是『假廠長』，我們都以為他在開玩笑，廠長就廠長嘛，那有什麼真廠長、假廠長？後來，我們才知道他真的是『賈廠長』，他是西貝賈，而我們都想成那個『假』，真是太好笑了！」說著說著，我倆都大笑了起來。

「還有一件更好玩的事呢！那就是參觀完酒廠，跨出大門要準備上車時，我的隊友們見到我就一直問我：『妳怎麼走路都一直搖搖晃晃的？』我說啊，那個招待員不是說我們進了酒廠，依酒廠的規矩，每人都要各喝一杯白酒（高粱酒）和紅酒（葡萄酒）才可以離開酒廠嗎？所以我兩杯都喝了啊……。」

「唉，結果妳知道嗎？話一說完，大家都笑得東倒西歪，直說我：『妳真笨！妳當真都喝了？我們都沒喝咧！』」她繼續說著。

聽到這裡，我也一直笑，直說她：「妳好可愛喔！你真是勇氣可嘉，妳不知道金門高粱酒的威力，竟然咕嚕一口就喝了兩杯！」

「是啊，其實，我不止喝了兩杯，因為那招待員見我一口氣喝光了，又特地拿了一瓶『陳高』，倒了半杯給我，以示『獎勵』，我喝了兩杯半，當然走起路來就飄飄然，一路搖晃啦……。」　啊，談到金門的往事就回味無窮，話匣子怎麼也停不了！

「回臺灣時我買了好多好多貢糖、酒和麵線喔！當我爸看到那金門高粱酒時，剎時勾起了他對金門的回憶，拿著那高粱酒，他情緒好激動喔！」啊，原來阿伯也是這麼懷舊、富有感情的性情中人。

「啊，我還記得金門的花生都又大又飽滿呢！難怪金門的貢糖吃起來都那麼香喲！」她滔滔不絕地說著，我彷彿只能做個忠實的聽眾，偶爾發個問、插個話……。

「還有，金門的馬路上都會鋪著收割後的高粱讓來來往往的車子一一碾過，這景象好奇特喔！」她興奮地說著，我仍興意盎然地聽著。

「啊，那是我們金門鄉村道路的特殊景觀，不過現在這種景象已經沒有了，現代農家都改用打穀機了！」談到這景象，還是在我做了古寧頭媳婦後才接觸到的，因此也印象深刻哩！

只是，啊，聊了半天，怎麼都沒談到金門有名的美食和小吃？我忍不住想考考她，便問她：「那你在金門有吃過什麼難忘的美味小吃嗎？」

「唉，我們都一直在參觀景點，吃住都在學校裡，只有最後一天讓我們在金城、山外各半天，在街道走走逛逛，我只在金城吃了一碗蚵仔麵線。啊，很好吃咧！」蝦密？金門的美食和小吃很多，而她竟然只吃了「一碗蚵仔麵線」，聽了差點昏倒。

我又問：「那妳沒吃過廣東粥嗎？沒吃過蚵仔煎嗎？」

「都沒有耶！我真的只吃了一碗蚵仔麵線。」她說。

嗯，想想，二十二年前的金門還是一個很封閉的軍管時期，哪有像現在做什麼「觀光行銷」？唉，我怎能把七五年和九七年「混在一起」？吃一碗蚵仔麵線就很不錯了耶！啊，在美食方面她都錯過了，沒什麼記憶，但緊接著，她又侃侃而談了！

「我還記得在國中時的課本讀到了一篇詩人羅貫中寫的〈料羅灣之夜〉，那時我想：不就是一個海灣嘛，而且晚上黑漆漆的，真有那麼美嗎？心中非常的存疑……。」

「不過，我雖然沒有親身感受到料羅灣之夜的美，但我卻有幸親身體驗、欣賞到料羅灣海上日出的美景，真的好美好美啊，美得像一幅畫，卻又是這麼的真實，我們全體學員都好感動喔，也好感謝艦長送給我們這初到金門的第一份美麗禮物。因為他說已進入金門的安全海域了，可以放我們出來透透氣，順便看看日出……。」

「其實，我也在阿里山的雲海看過日出，但是不像在料羅灣海上看日出來得感動，因為天時、地利、人和，整體的情境與氛圍結合，讓我感受很深，我相信『料羅灣日出』的美，絕對不遜於羅貫中筆下的『料羅灣之夜』。」她無限陶醉地訴說著。

這讓同樣感情豐富的我也跟著她陷入回憶之海中，腦海裡浮現出湛藍的海面和緩緩行進的船，大家佇立在甲板上，手扶著欄杆，初履金門戰地，在料羅灣海域欣賞晨曦中的美景，不禁發出一陣陣的讚嘆！

她的國語講得好極了、棒極了，完全沒有「臺灣國語」的腔調，我問：「你是外省人嗎？」

「我不算吧，聽我爸說，我們的祖籍是福建漳州，祖先來臺灣時住在艋舺，我是第五代了，但是我的臺灣話一直講不好……。」

「妳知道嗎？大學讀了四年，我的閩南語也整整被笑了四年，甚至同學們還常說：『天啊，給妳十塊錢，拜託妳不要再講了，不然會害我們笑破肚皮！』」

「是喔，那請妳說幾句閩南語看看，是不是有什麼不一樣？」

當她說出「吃飯」、「吃粥」、「魯肉飯」和「雞蛋」時，哇咧，我連聲笑了起來，因為口音和我們金門的閩南語完全一樣。真的是和金門一樣的福建省哩！難怪會有特殊感情。說了閩南語之後，話頭又回到國語來。

她說：「讀書時我是救國團的服務員，要接受訓練，接待外賓、五院開會以及重要場合都要參加……。」喔，難怪國語講得超級好！

「那妳讀哪間大學？」我這「好奇歐巴桑」不免又打破沙鍋問到底。

「喔，我是輔仁大學大眾傳播系的，我曾在電視公司上班，也曾參與策劃、製作過節目哩！」

「哇，您還真行！」我俏皮地回了一句「廣告用語」後，又說：「啊，妳和我老公同校耶。」啊，我嗅到了這話語中有「得意」的味道咧！

「真的？玉秀，那我要改稱妳為『學嫂』喔！我們的規矩是學長的老婆都尊稱為『學嫂』。」被人尊稱為「學嫂」，這還是頭一回，有點飄飄然的感覺。

「對了，高中時我讀景美女中，那時班上有一個金門人叫莊麗治，妳認識嗎？」唉，哈啦是女人的專長與專利，說到金門，她就一發不可收拾，而我也很想繼續傾聽她對金門的「愛戀」。

因為，我也是個極度熱愛金門的人，所以，當年極易「外銷出境」的我，竟然選擇「產地內銷」，沒有把自己推出最愛的金門之外！

「啊，我不認識耶。」嗯，我據實以告，因為除了上班之外，通常我都在家「閉關」做「青蛙」，認識的人非常有限。

「她功課很好，很會讀書，她常說畢業後她不考臺大，要考師大，因為她立志要回家鄉金門教書……。」

啊，身處繁華的臺北，心仍繫念著金門，一心一意要為家鄉服務，好令人感動的情操啊！一時之間，我對未曾認識的莊麗治小姐好尊敬喔！但是，說歸說，世事難料，計劃永遠趕不上變化，她真的「始終如一」、「不改初衷」嗎？

我又問道：「那她真的去讀師大了嗎？畢業後有沒有真的回金門教書？」

「有啊，畢業後她真的就回金門教書了。」這讓她感受、見識到金門人愛家愛鄉的情感是多麼堅定啊！

「還有，好懷念金門的空氣，好清新喔，新鮮的空氣在金門無所不在，比起臺北混濁的空氣要好上千百倍哩！」我們的話題還是繞著金門打轉，聊得真是太投緣了，於是就繼續聊下去！

「是啊，我們金門的空氣是『有口碑』的哦！這也是我們金門最大的資產，所以我很住不慣臺北啊……。」這是實話實說，我常以金門的空氣為傲咧！

「對了，學嫂，以後如果你來臺北時一定要告訴我，我請你喝咖啡。真的！」她誠意十足地邀約著。

啊，我們越聊越起勁，幾乎完全忘記了這是長途的越洋電話呢！而且僅僅因著「金門」的因緣就聊得這麼開心，真是始料未及。

但是我都還不知她的芳名呢！我說：「可以請教妳的尊姓芳名嗎？」

「我姓劉，在公司的名字是『安妮』。」

蝦密？沒告訴我真名？我這「好奇歐巴桑」怎肯放過？繼續追問：「吼，妳都不能告訴我真名嗎？」

「好啦，好啦，在學嫂面前也沒什麼好隱瞞的，我叫芳妤，芬芳的芳，唉，那個『好』字我很不想講……。」聽了她的回答，我以直覺反應馬上說：「喔，妳是『藍』的哦！而且是『深藍』。」

她聽了，發出一陣陣嬌笑，然後毫不忌諱地說了：「我們家一直都是深藍的。」想必知曉金門也是一片「藍天」，所以答得挺乾脆的。

「唉，說到『藍綠』，我有一次不愉快的經驗……。」她說。

我問：「怎麼啦？什麼事？」

「有次我和同學到高雄玩，計程車上的電臺從頭到尾就一直猛罵國民黨、罵前蔣總統，而且罵得很難聽，沒說過一句好話，我想前蔣總統就算沒有功勞也有苦勞吧，怎麼可以這樣不厚道？」

「後來我實在是聽不下去了，忍不住就要求司機關掉收音機，我同學在旁一直暗拉著我，使眼色示意我忍忍就算了，在他們的地盤上不要惹事生非，可是我實在很生氣，照樣請他『關機』……。」

「哇咧，好有膽量喔，要是我，一定做『卒仔』。可是，『強龍不壓地頭蛇』，那結果呢？他真的關了嗎？」我又問。

「沒有，他惡聲惡氣地說：『聽不爽，妳們可以下車啊』！我也很火地說：『你趕我們下車，那我們不給錢喔！』，他說：『好啊，妳們趕快下車！』，我們真的沒付帳就下車了。」

「這讓我感受很不好，從此很少再到高雄去……。」她說這段親身經歷，讓她體驗到南部運將對政治的狂熱。

啊，自從前總統阿扁當選後，八年來，全國就極端地分為藍綠兩色，如今因著小馬哥的當選，藍綠都該「合解共生」了！

「不瞞妳說，學嫂，再告訴妳一個祕密，當我即將要離開戰地金門回臺灣時，站在船艦的甲板上，看著船在陣陣波浪中前行，看著要離開的、住了十五天的金門了，我還忍不住哭了，好捨不得離開這『星星堆滿天』、純樸而美麗的金門啊！」她說得好真誠，我完全聽不到、感受不到有些許虛偽的意味。

但我仍驚呼著：「天啊，真的？妳真的為了離開金門而哭？」

「真的！站在甲板上看著漸行漸遠的金門，我真的哭了！」她笑著說。

聽到這裡，我真的好感動，感動於一個外鄉人對僅僅十五天的金門之旅，即使至今時光已消逝整整二十二年了，但她對金門所有美好的感覺和美麗的回憶，仍深留心中，念念不忘。

十五天的金門之旅，離開時行囊裡塞滿了有形的金門特產，而心中對當年這個彷彿「遺世孤立」的戰地金門小島的感情，卻是那麼地深、那麼地濃……。

誰說詐騙集團太多？誰說接到不明電話就得趕緊掛掉？這個百無聊賴的午後，這一通懷念「星星堆滿天」、「情繫金門」的真情告白電話，讓我決定下次到臺時一定要與她見面，要與她喝杯「初見的咖啡」。

同時，我這她口中的「李玉秀學嫂」，也要向她「自首」，坦誠「招供」我的真實姓名……。

逛

二〇〇一年中華民國資訊月，在縣籍立委陳清寶先生的積極爭取下來金舉辦特展。

在這高科技時代，如何獲得最新、最快的資訊，變成是生活與工作上的一個重要課題。時代一直在進步，科技日新月異、一日千里，在競爭激烈的職場上若未積極、努力地吸取新知，迎頭趕上時代的腳步，他日定當被淘汰。

唉！以小女子年近半百之芳齡，真的已跟不上「時代的腳步」，如果說我會打一點點電腦，也只是略懂皮毛，不算精通。再看看現在的小學生、E世代少年，個個聰明絕頂，打起電腦來，十指靈活（哪像我的一指神功？），滑鼠到處跑，功夫一把罩。小女子偶爾看看念小四的女兒玩電腦，真是自嘆不如，對「兒童是國家未來的主人翁」之語更是深信不疑。

六月十七日星期天，哇！是最後一天，再不抽空去看看、瞧瞧，可就要錯過了，何況更重要的是，有「大獎在等著您」，特獎是一臺電腦（由陳委員贈送），實在有夠吸引人，想想在家閒著也是閒著，不如出去逛逛，說「吸收新知」是唬人的，有違自己的良心，說是去看熱鬧、開開眼界，順便碰碰運氣才是真的。

午睡一覺醒來，已是三點半，趕緊偕同女兒直奔體育館。到了門口，果然館外四周停滿了大

車、小車，十分熱鬧。一進館內，最後一天了，雖不至擁擠到人山人海的程度，但人還是不少。

我和女兒走馬看花，大致逛了一圈之後，再來「精挑細選」自己喜歡的攤位。與女兒同行，真是十分不自由，我要欣賞電子藝廊一張張細緻精美的圖片，她要駐足產品豐富、內容五花八門的CD光碟攤位。我只好先陪著她挑選，她東翻西找的這邊看、那邊瞧，最後選定了一片。當然，我這「老媽銀行」就趕緊掏出一百元付帳了事，好去逛別攤。

走了走，看了看，她想打電腦，但是環顧全場，電腦桌前座無虛席，根本沒她坐的份，走著、逛著，沒得玩，她直嚷嚷：「好無聊啊！」小孩子就是這樣，光讓她看看，她覺得蠻空虛的，再而，光看不買，更覺得很沒意思。所以囉！現代的「孝子」老爸、老媽，哪一個不是盡心盡力地陪著孩子一起成長，除此之外，還是孩子的「二十四小時銀行」，沒有「三點半就下班」的限制。

說實在的，時代在進步，競爭越來越激烈，現代父母也非常難為，無不辛苦賺錢栽培孩子，誰不想「望子成龍、望女成鳳」呢？說到這兒，令我想起薇薇夫人曾說過的一句話：「孩子們，我不希望你們飛得高，我只希望你們飛得好、飛得平穩就好了。」及名作家廖玉蕙說過的「與其養美麗的孔雀，我倒寧願養一窩快樂的小雞」。她們對孩子都以「平常心」看待而不加諸任何壓力，反觀我們這時代，對孩子期望過高，有時不如預期的理想時，失落、失望也大，孩子也備感壓力。

這真是一個急速變遷的新時代，所有的一切都在快速改變當中……。環視整個會場，我只有欣賞的份，無法全然融入其中，在這高科技的新世界裡，我深深感覺自己已是「ＬＫＫ」的族群了。

我思索著「活到老學到老」這句話，想著全世界都在鼓勵人們要有終身學習的概念和精神，我應該再往前跨步，努力學習一切新知啊！

既然來了就是要逛，我們漫無目的地走著，逛到了一攤「ＸＸ美語教學光碟」前，剛好椅子上的小朋友起身離席，攤位上美麗、熱心的服務小姐馬上熱情地邀請我們「入座」（唉！好巧不巧地就被逮住了），坐在我右邊的小姐親切地與我話家常，當然，話題自始至終都離不開「美語」。「小朋友讀四年級，暑假後升上五年級就要上美語課囉！」「是啊！每星期上一節。」「二十六個英文字母也都認得嗎？」「不完全都認得，沒有特別去要求她……。」「都沒上過美語補習班嗎？」「以前有想過，但因為他星期二、五補數學撞期，所以沒去補……。但這個暑假打算讓她去補，打打基礎……。」大致說來，我們聊得蠻愉快的，說到孩子們的「補習」，小姐也有感而發：「其實現在的小孩很辛苦，補這補那的，課都上不完……。」「是啊！說得也是，不過我們家的小孩還好，只補數學而已，上學期比較慘，為了培養她讀書的習慣，把她送去安親班，星期一到星期六都去，只有星期日放假，最後她受不了，我也於心不忍，就讓她在家自己讀了……。」喏！媽媽一開口，聊的都是「孩子經」，誰不疼惜自己的孩子呢？

「現在金門也很進步了，才藝班也很多，有書法班、舞蹈班、繪畫班、美語班、成人美語會話班……，有的孩子幾乎時間都被排滿了，對了！電腦班更是普遍……。」小姐對咱金門倒是蠻了解的，坐在女兒左邊的小姐則耐心地看著女兒玩電腦（當然是美語教學），不懂之處再指點她一下，我和身旁的小姐則繼續「開講」著……。

這時，有位應該是經理級或主任級的男工作人員拉了一把椅子在我們身後坐下，開始發揮他極佳的口才，他說：「媽媽，你看小朋友玩得多高興、多起勁，現在學美語正是時候……。」看到女兒點單字點錯了時又說：「妳看電腦教學多好，不懂的話，輕輕一點，永遠不厭倦，讀一千遍也沒關係，上美語可沒這麼好，問老師，兩、三遍還不懂，說不定老師就翻臉了，電腦隨妳問，也不會爆炸……。」這話說得真有道理。他一開口就幾乎無法控制，繼續說：「上美語班，回家後如果沒有溫習，不到兩天，一樣忘光光，買這套美語教學光碟在家，等於老師二十四小時陪著您，而且畫面上的卡通生動活潑，小孩都喜歡，寓教於樂。還有，媽媽也可以一起學習啊！」嗯！說得太好了，句句有力，讓我十分心動，這一套光碟實在是好處多到「講不完」……。

「價格呢？」我隨口一問，反正當時他半請半拉地請我們坐下時就說：「讓小朋友玩玩看，認識一下，不買沒關係……。」他一聽，大喜之下又興致高昂地說：「每套七萬二，還有架上的資料、書籍都是附贈的。」我看了看陳列架上的東西果然不少，好像還有送電腦……。其實，他說了一堆，我也記不得那麼多，想著七萬二，價格是還好，問題是目前「孫中山先生」和我有點過不去罷了，我只能暗暗心動卻不能行動。

談到價格，當然就談到最現實的職業了，他問：「您先生在哪兒高就？」我說：「他是老師。」「唉呀！老師是金飯碗呢！收入一個月七、八萬，絕對買得起，買一套帶回家吧！」唉！老大，你只知其一不知其二，就算月入七、八萬，難道都是「淨賺」的，不用支出嗎？一個家這麼好支撐嗎？伙食費、電話費、水費、電費、瓦斯費，紅、白帖子、補習費、眷保費，更龐大的是暑假後的開學費、孩子在外的租屋費、伙食費，還有每月得繳的房貸費、會錢……，拉拉雜雜一堆，我都被搞得精神壓力好大，說我盡可以「輕鬆買」，都嘛是你在講……。

我不發一言，只是微笑，做著準備起身離座的動作，他趕緊送來一張單子，請我寫下姓名、地址和聯絡電話，說先付訂金一千元即可，我說：「我身上沒帶那麼多錢……。」他仍不放棄，說：「那先付五百元，五百總有吧！」真服了這位先生，不但在旁邊鼓敲得響，連推銷手法也是一級棒，非要我填了資料並買單不可。不過遺憾的是，我連五百元也沒有，之前出門就怕自己帶多花多，不多不少就拿了四百元出門，買了片光碟，剩下三百元買跳舞機，剛好「花光」，哪來的五百？

我說：「要買的話，我再找你們聯絡好了，把你們列為第一優先。」他老大仍不死心，繼續說：「那就請妳留下資料吧，有空我們再登門拜訪……。」真是鍥而不捨、精神可嘉，可我怕一填下去就如「溼手沾麵粉」般難脫身，雖然我堅持不留下任何資料，但仍誠心誠意地保證：「要買的話一定找你們……。」真的，那是套不錯的教學光碟，假以時日，我一定買回來與女兒「共同學習」。

在那教學區耗了不少時間，好不容易「脫身而出」，又可以放寬心情，輕鬆地逛了。女兒正好發現了一臺遊戲電腦前面的人剛走，趕緊去佔著（站著）位置打，而我，可以自由地四處逛，不用再和她「緊緊相隨」啦！

我站在「夢幻E跑道」前，看小朋友們一個接一個地在跑步機上「走、跑」得蠻開心的，心想，這進步的科技真是無所不能地神奇，在「夢幻E跑道」前，一幕幕虛擬的景色活生生地呈現在你面前，彷彿你真的身歷其境，跑過了田野、跑過了都市、跑過了公園，真是太妙了，我看了就一直笑。有了「夢幻E跑道」，在家做運動、踩跑步機的人就不會單調無趣了，不用再面對一成不變、呆板的一片牆了，哇咧，真讚！

看了鮮活逼真的「夢幻E跑道」之後，順便瞧瞧隔壁的「文字雨」屋是「啥米碗糕」？探頭隨意看看，只見一個個、一排排、一串串的文字果真像雨一般緩緩跳動、飄落，十分好玩、有趣。小朋友一進屋內，發現中型的螢幕前能馬上顯現出自己的影像，覺得非常新奇，樂得大、小朋友一個個對著螢幕做鬼臉，手舞足蹈、蹦蹦跳跳的，玩得不亦樂乎。童心未泯的我，趁著沒人的空檔，也趕快「溜」進去「搔首弄姿」一番。不過，我還是比較喜歡「鏡子」給我的感覺，因為那螢光幕上的畫質不夠清晰，而且是黑白的，有損我的倩影芳容。看來看去，咱嘛還是鍾情於鏡子的「不打折扣」，非常寫真、傳神，而且是彩色的，這才能滿足我小女子超自戀的心理呢！啊！忍不住要說：「鏡子，鏡子，我愛你。」

踏出那只吸引我幾分鐘的「文字雨」屋外，我正好可好整以暇地瀏覽、欣賞那一整排的電子藝廊，每一張圖片都非常精緻漂亮，吸引著無數人的眼光。攝影也是藝術的一部分，光與影的結合、角度的呈現、色彩的豐富鮮活，每一張圖片好像都在說話，有的訴說歲月的滄桑，有的歌頌大自然的美麗容顏，詩情畫意的山水溪流、快樂的花鳥蟲鳴盡在圖片之中，它們一張張都傳送著「美的訊息」，而欣賞者也一張張解讀著美的意境。看著看著，真令人神清氣爽，心情怡悅，久久不捨離去。

忽然耳聞有人說：「哇，已經開始在抽獎了！」抽獎活動已在進行，這可好，中獎之心人皆有之，我不妨也去看看熱鬧，說不定好運就降臨在我頭上呢！走出入口處，哇！不得了，大廳內擠滿了人，男男女女、老老少少，坐在椅子上凝神傾聽者有之，站在抽獎臺前及左右兩邊引頸翹望者有之，在擁擠的人群中來回穿梭、嬉鬧者有之，現場中獎者喜形於色，歡歡喜喜上前領獎者有之，場面真是熱鬧滾滾，抽獎真是好好玩喲！

我站在角落觀望了幾分鐘，當然，我的芳名一直沒出現，和現場一屋子期待的人一樣，聽到的都是別人的名字。不過，這是正常的，想想四天展期上萬人次到場參觀，中獎機率當然是微乎其微。雖然如此說，總有特別幸運的人中獎。

此時，有人第一次中獎後隔沒多久又被抽中了，不知他投了多少張摸彩券？「過目不忘」的陳清寶立委真是厲害，當他發現是「同一人的名字」時，說著：「依照遊戲規則，只能領一次獎，所以我們取消這第二次的中獎，把機會讓給別人……。」其實，大家也不全是為獎品而來，摸彩只是助興罷了，重點是讓我們認識E時代資訊化生活層面的應用和汲取科技資訊的新知，只要大家願意來走一走、歡喜來看一看，多多少少總有一些收穫吧。

抽獎才進行到一半呢！還有許多獎項正待送出，靜候有緣人。我想，我和女兒當然絕無可能抽中，站了幾分鐘後又回會場逛。小女兒依舊目不轉睛、全神貫注地玩著遊戲，一點也沒要歇手的意思，正想對她說：「差不多該回家了吧！」忽聞傳來陣陣極其悅耳動聽的歌聲。我這「好奇歐巴桑」不免又循聲前去一探究竟。原來電腦也有卡拉ＯＫ點唱機，兩位婦女朋友正拿著麥克風唱得不亦樂乎，一點也不在乎其他聽眾的佇立欣賞，照樣神態自若，字正腔圓地跟著字幕唱著，而且完全不走音，真是服了她們！想來這些婦女姐妹同胞個個都是卡拉ＯＫ的高手，歌聲一點都不遜於正牌的歌星呢！真想替她們鼓掌叫好呢！

聽了幾首優美動聽的閩南語情歌後，已是五點二十分，十分接近五點半的閉幕時間，繞回去找我那寶貝小女兒，她也「收工」不打了，又開始喊「無聊」，（真受不了她）我和她又隨意走走逛逛，這時許多攤位已開始收桌子、收椅子，開始打包東西（商品），結束為期四天的展期。這使我想到「曲終人散」及「天下無不散的宴席」這兩句話。在這競爭激烈的時代，大家都在為各自的公司努力打拚，啊！「愛拚才會贏」！

五點半，抽獎也準時結束，陳立委提供的電腦由一個高職男生幸運中獎，在場觀眾也都頻頻鼓掌，替他慶賀。人潮三三兩兩逐漸散去，兩個小時（我們三點半到場）的時間，在有得看、有得玩、有得聽、「有獎品送您」中很快就溜走了，走出體育館的大門，小女兒迫不及待地要回家玩她的遊戲光碟和跳舞墊呢！這些就算是我們逛「資訊月金門特展」的獎品吧！（哈！哈！雖然是自費的，但我們倆也非常開心呢！）

夜遊

那是一個偶然的機緣，應好友淑姿的熱情邀約，參加一個由縣府教育局主辦的「讀書會」。「妳喜歡閱讀，這類的活動最適合妳了，不要猶豫，明天早上八點，我們在城中圖書館三樓見！」淑姿極力遊說著。啊，想想我一個平凡的家庭主婦，要參加這麼一個有內涵、有氣質的「讀書會」，還真是「大姑娘上花轎」頭一遭哩！

一向信守承諾的我，當天起了個大早，匆匆趕到已睽違近四十年的母校，心中百感交集，整整三年的美好歡樂時光彷彿瞬間重新聚攏，溫暖了身上的每一個細胞！

「嗨，快上來，你妹娜娜也來了呢！」淑姿已在高高的陽臺上猛揮著手。上樓後，一眼看到標題「金門中小教師研習營」，差點昏倒！很想轉身打道回府。

環顧四周，座無虛席。而來賓除了家庭主婦的我和宜蘭，公務員淑姿、美娟等四人算是所謂的「社會人士」外，其他全是來自地區各中小學的教師。我和娜妹、彩戀老師、淑姿並排同坐，而場中「萬紅叢中一點綠」的洪老師可說是唯一的「驚奇」和「點綴」。真懷疑男老師都做什麼去了？好像女生永遠朝著「積極」、「進取」、「成長」的道路邁進，男士們則總安於現狀。

啊，我雖然是「誤入教育殿堂的小白兔」，純為來此「應景陪襯」、「觀景插花」，但也不願平白虛擲這一日。我極其認真地參與，聽了一整天的課，還和會場上最年輕的美眉雲珊維老師客串起唐老師故事中「獵人」的左右助手，配合著臺詞做動作。

主講者唐麗芳老師，來自「雲林故事館」。她從事文化教育不遺餘力，努力將原本是「文化沙漠」的雲林，經過數年的「開墾、播種、耕耘、萌芽、茁壯至開花、結果」的種種過程一一詳細細數、娓娓道來，令人感動不已。

對我而言，這是一個難得的經驗，從頭到尾，唐老師都在「講故事」、「說故事」、「聽故事」、「分析故事」。唐老師專注的神情，說話時語音抑揚頓挫、高低有致，吸引了在場的每一個人，她渾身都散發著一種獨特的魅力。

有道是：「聽君一席話，勝讀十年書。」這讓我深深感覺到「文化深耕需要熱情、需要愛心，更需要持之以恆」，文化教育不能靠個人的「單打獨鬥」，它需要「整個團隊」的智慧結晶，也很需要經費後盾的持續支援。

課程結束後，她說了一句：「這是我第一次來到金門，晚飯後有誰願意抽空陪我逛逛金城？」停頓了一下

又說：「因為我搭明天中午的飛機回臺，再來不知是什麼時候，我想利用飯後的時間走訪一下這個城鎮。」

我驚訝於她的坦誠與坦然自若。我現在是「無業遊民」，每天在家閒閒地做「英英美代子」，但今天回家後要料理晚餐，時間上會比較趕，至於明天，倒是可行的。於是自告奮勇地說：「明天早上半天，我可以陪妳逛逛金城。」

接著，自臺南來金任教（金城幼稚園）已兩年且已深深愛上金門的書華老師說：「這樣好了，晚飯後我帶妳去水頭看看海邊，看看水頭民宿。」已嫁做「金門婦」的章亞筠老師說：「我帶妳去欣賞莒光樓的夜景。」來自小金門，家裡經營電器行，對子女教育極為重視的洪宜蘭亦熱情邀約說：「那明早你可坐早班船來烈嶼，我帶妳環島一周。」

不想錯過任何可以「認識金門」、「接觸金門」機會的唐老師，當下遂爽快地一一答應。而同樣來自臺灣，在金湖國中任教的康惠萍老師，也義不容辭地願意充當司機，一早送她去碼頭候船。

一天相處下來，唐老師和大家成了好朋友。大伙都願意空出時間，帶她「認識金門」、「看看金門」、「接觸金門」。

我不想失去親近唐老師這遠來貴客的機會，又毛遂自薦，興沖沖地說：「那等妳參觀莒光樓回來，我帶妳逛逛金城的街道好了！」散會後，我們互留手機號碼，好隨時「聯絡行蹤」。

夜晚九點，我準時到「金瑞飯店」門口接唐老師。春末初夏仍舊微涼的天氣，讓她加罩了一件淺色薄外套。

她用雙手拉緊了豎立的外套領子，問道：「妳這麼晚還出來，會不會太打擾妳？」我說：「不會，不會，金城的街道就幾條而已，我們騎機車走馬看花，花不了多少時間的。」

她上了我的車，沿途我向她介紹：「這是金門縣政府，金門最高的政治行政中心。」

「這是金門最大的金城幼稚園，學生人數勝過好幾間鄉村小學的學生總數。」

「這是土地銀行。」

「這條路是『民生路』，又叫『診所街』，因為很多診所都集中在這一條路上，所以生意上的競爭還蠻激烈的。」

「這是天主教堂，緊鄰的是農會，再來是金門郵局，郵局的隔壁是金城鎮公所。」

「這是金城車站，這一條路上集中了不少公家機關，算是金城最大的馬路，往來交通頻繁，尤其是上下班的尖峰時間，道路擁塞，連過個馬路都很難，都得動用三位『人民保母』來指揮交通。」

繞過車站，我們往中興路上隨意瀏覽。街上有一半的店家紛紛關門歇息。車行至街角處，我們轉往莒光路。

我說：「這是金城老街，我爸在這街上開了一家小店，小時候我常跑到店裡來，所以整條街上的店家幾乎都認識。」

車子在緩行慢駛中到了街底，我向唐老師介紹從建寺至今，一直都是香火鼎盛的靈濟寺，裡頭主位供奉著我最喜愛的觀世音菩薩（因之又俗稱「觀音亭」），還有一入大門即「笑臉迎人」、「肚大能容」的彌勒佛。

然後，我們由右邊進入另一條大街。

唐老師說：「我們下來走走逛逛吧！」主隨客便，我把車子停好後，我倆在寧靜的夜色下，在行人已寥寥無幾的街道上，在這正沉沉入睡的、我所熟悉的城鎮上悠閒地漫步著。

我們來到金城東門最負盛名的「貞節牌坊」前，我說：「這是個名列國家一級古蹟的牌坊！它是紀念金門人邱良功的母親而建的。邱良功出生三十五日即喪父，母親守節含辛茹苦地撫育他們兄弟長大，成年後的邱良功投身軍旅，屢建奇功，戰績累累，官至浙江提督，在朝深獲皇帝嘉許、倚重。皇帝感念、敬佩邱母教子有成，特封為一品太夫人，並建坊表彰其賢良淑德。」認真的唐老師在暈黃微暗的燈光與夜色交融中仰頭注視著這座代表

「金門人的驕傲與光榮」的歷史古蹟。眼尖的她用獨特而磁性的聲音說：「啊，我有看到那最上面的『聖旨』哩！」

我們邊走邊聊，她問我有關高粱的事。真糗！我被她問倒了。一向「黍麥不分」的我，從小生長在城區，對農作物的事完全「莫宰羊」，根本不知道高粱何時播種？何時收成？只知道以前農民收成後，「高粱可以換大米」，農民常把高粱曝曬在鄉村的馬路上，讓來來往往的車子一一碾過，形成一種道路上特殊的景象。還有，高粱稈可以做成超好掃的「高粱掃帚」，至於那聞名中外國際、遠近馳名的「香醇高粱酒」則不必多做介紹了！

我指著一片靜寂，偶爾有隻貓、狗走過的街道對她說：「這就是有名的『大陸街』，過年時還有官夫人、觀光客組團來此『旅遊兼採買』，『摸蛤兼洗褲』，一舉兩得呢！」

「明天妳若早點起來，就可瞧瞧這整條街，整個市場熱絡交易的盛況，還有可嚐嚐金門有名的美味廣東粥，搭配著油條或燒餅吃更可口……。」

走著走著，我倆進入那有著圓弧造型的拱門，古味十足的紅磚「模範街」，唐老師佇立在碑前，專注而仔細地一字一句看完上面的簡介。我們漫步在這曾經繁華一時的金城古老街道上，她說：「這條街像極了鹿港小鎮的風情，只是街道稍微短了些。」

十點半了，「戀戀紅樓」猶仍傳來陣陣自彈自唱的旋律與歌聲，店內透露著略為昏暗迷離的燈光，被它吸引的唐老師對我說：「我們可以入內參觀一下嗎？」「嗯，應該可以吧！」我回答。

進到店裡，我們向美麗的老闆娘說明來意，老闆娘笑容燦爛地說：「歡迎參觀。」這是一家很有特色的店，我也是第一次來。我倆像劉佬佬逛大觀園似的到處瀏覽。她對店內具有獨特風情的擺設留下深刻的印象，下樓後，唐老師說：「我請妳喝茶，我們再聊聊吧！」「不，妳是客人，我請妳！」對這家慕名已久的店，我樂於作東。

唐老師敞開心懷，與我閒話家常，談到她的抱負與理想，談到她的戀愛與婚姻，談到她的求學、留學過程。她到過很多國家，每個地方的人文、風情給她的感受都不同。她說她很忙，這兩年之內不太可能再來金門，因為她行程滿檔，到處去散播「說故事」的種子，期望給下一代更好、更優質的「人文提升」。

我看著眼前脂粉未施、完全「素顏」的唐老師，直直的長髮紮在腦後，說話時眼睛總閃耀著動人的光芒。白天的她傳遞、教授著知識的啟發、故事的引導，夜晚的她卻放下身段，與我親切熱誠地談心。

或許她少了些女性特有的嬌媚與亮麗，但「腹內詩書氣自華」，她在言談中處處散發著獨特而迷人的魅力，讓我亦不禁深深讚嘆著對她說：「妳真是一個最美麗的女人。」

午夜十一點多了，店家也要打烊了！我倆步出店門，坐上車，我送唐老師回飯店。

這是一次奇妙的經驗。我擺脫固定的生活框架，在如此機緣巧合下，在金門的土地上與來自「雲林故事館」的唐老師交會，我們雖是初識，但相談甚歡，一起夜遊金城。

我們彼此留下了深刻的印象，我對唐老師說，來日若有機會再度造訪金門時，定當大力向她介紹純樸美麗、古蹟眾多、人文豐富、空氣清新、海岸線最美的金門家鄉，而不是只有這匆促、短暫的「驚鴻一瞥」啊！

人物寫真

臺北的運將

一月十五日下午，我搭乘三點五十分的飛機返金。出門前，用電話叫車（臺灣大車隊），五分鐘後車子就在樓下門口等了。

我提了兩個行李車，對司機說：「先到永貞路十二號後再到松山機場。」「永貞路？那是靠近中正路，還是中山路？」他反問著。我心想：完了，碰到一個對路況不熟的司機，不知還要繞多少冤枉路？而買單的往往是倒楣的乘客！

我回答說：「我也不知道耶，不過我有電話，可以打去問問看……。」司機也很認真，他馬上拿出一張地圖，仔細地邊找邊說：「永貞路很長，我是要知道從哪一條路轉過去最接近路頭，萬一從路尾一直往前找，就有點耽誤妳搭飛機的時間了……。」喔，原來如此，算你有「職業良心」！小女子我「以小人之心度君子之腹」，差點誤會你了。

我看他拿著放大鏡，一直努力地搜尋永貞路，我也趕緊拿出手機猛按，目不轉睛地在密密麻麻的電話簿中發揮我「一目十行」的功力。啊，看到了「烤鴨」兩個字！我馬上按下通話鍵，問道：「喂！烤鴨店嗎？請問從哪一條路到你們店裡比較近？」「喔！從福和路轉進來就到了！」對方回答。「福和路我知道。」有了明確的目標，司機先生當下收起地圖，轉動方向盤開車。

車子發動了，直朝目標「永貞路十二號」前進。此時話匣子也打開了。他問：「妳不是要去機場嗎？還買烤鴨……？」我笑了笑，回答：「小孩子指定要買的啦！除了這麵皮包大蔥的烤鴨捲之外，我也沒有替她買任何東西。」「是喔！現代父母都是『孝子』哦！」他是在誇我還是在損我？我反問說：「當然，十之八九的現代父母不都是如此『孝順子女』的嗎？」「是啊，沒錯！沒錯！」他熟練地轉著方向盤，呵呵笑著。

其實，大家都嘛也知道，隨著時代變遷，「孝子」一詞早有「新解」。說到孝子，我想到很多步入中年階段的夫婦，他們卡在「中層」，上要孝順年老的父母，下要「孝順」年幼的子女，身兼「兩代孝子」，真的也蠻辛苦的……。

他一邊開車一邊注意著門牌號碼和一排排豎立的招牌。「啊，『味奇香』烤鴨店，是這間了。」「應該吧！」我也是第一次來買，之前都是添弟買來請我們吃的。他總說這家店很有名，口味道地，生意不惡哩！打開車門，我衝到櫃臺拿了烤鴨（之前有預約），付了帳後火速上車……。

車子再度發動，運將說：「妳是金門人喔？」「是啊！」「啊！金門好好喔，福利很多。尤其是金門縣長李炷烽和立法委員吳成典他們倆都很清廉，這很難得喔……。」司機一開口就如此大力、用力的讚揚縣長和立委。這讓我嚇了一大跳，想想我在臺北這大都會裡坐車無數，還沒碰過如此這麼關心金門的司機。「啊！他們為什麼能把金門弄得這麼好呢，一點也不貪污，這在臺灣根本是找不到的，除了陳定南部長陳青天外……。」「他們真的很有心喔，妳們住金門好幸福喔……。」他一句接著一句，話題一直繞著縣長和立委打轉，讓我一時都沒機會接話。思緒卡在腦中，不知如何發言。過了幾分鐘後，我才有機會回應。

我說：「因為金門高粱酒聞名中外、遠近馳名，金門酒廠就是我們金門的金雞母，每年不斷地下著金蛋，所賺的盈餘當然就回饋給我們金門的鄉親……。」「金門的福利全省第一。有老人年金，有每年三節的配酒，有學童的營養午餐（從幼稚園免費供應到國中），還有乘坐交通車船都免費，看病也不像臺灣，動不動就要好幾百元。」「金門治安良好，小孩不用擔心被誘拐、綁架。金門的空氣品質更讚。金門生活悠閒，哪像臺北這麼緊張、匆忙……？所以囉！我超愛我們金門的。我一輩子都要長住金門哩！」我像解說員似的把所有想得到的、關於金門的種種優點，連珠砲似地、一股腦兒地一一列舉出來。末了，我還做結論說：「現在更有很多臺籍人士因為到金門工作，不久後就把妻小一起舉家遷居來金門住喔！以前金門百姓了不起三萬多，後來增加到五萬，今年的人口更已經突破七萬多了！可見金門是有它吸引人的居住優勢。」對於我的這段談話，運將頻頻點頭稱是，並回以羨慕的語氣，喃喃說著：「金門真好！金門真的好好喔……！」

我大致敘述了金門的現況後，運將一下子回到了過去。他突然回我一句：「我當兵就是在妳們金門當的，而且還足足住了兩年……。」「真的？那你的部隊住在哪裡？」啊，又碰到一個在我們家鄉服過役的人。「人不親土親」，剎那間，對他感覺特別親切、熟悉，同時也急於想知道，他對家鄉當年的印象、觀感如何？

「當時我在部隊演習完之後，大伙在烏漆抹黑的夜色中一一上船，船靠岸後，到了碼頭時才知道到了金門。」「我站在船頭上一看，極目所見，兩邊盡是花崗岩，一個人、一棵樹，甚至連一隻狗也沒有，除了天、地之外，就是大海。當場整顆心都涼掉了。想著，完了！完了！這是一個鳥不生蛋的『荒島』……。整個人彷彿由天堂掉進了地獄。」憶起過往，他笑得很燦爛。我心想：那是什麼年代？有那麼荒涼嗎？我說：「可以請問你是幾年次的嗎？」「我五十一年次，七十年當兵，七十三年退伍。」他倒答得蠻爽快的。想想，喔！七十年我兒子才剛出生哩！「後來我們到了『下庄』，才看到有幾戶人家，有樹木、有人煙，心情才稍稍放鬆下來。想著，原來這島上還有人住。」聽到這裡，我簡直快笑翻了。啊！你的「恐慌症」有這麼嚴重嗎？

「在金門有一件至今仍讓我耿耿於懷的事……。」運將談興正濃，他繼續說著……。聽他說話的語氣有點沮喪、心虛。「什麼事讓你到現在還無法忘懷？」我蠻好奇地追問著。「有一天下午，有一隻很漂亮的花狗跑到我們的營地來，卻被我們圍捕吃掉了……。」「喔，一定是你殺了牠，然後又親自烹煮、料理出一鍋香肉來和大家分享……。」唉！聰明如我，想也知道，他一定是這事件的主謀兼兇手，否則不會如此良心不安。「唉！那是冬天，妳們金門又冷得要命，我一時興起才做了這件『傷天害狗』的事……。」他很懊惱又滿懷愧疚地說。唉，一念之差，到如今二十三年了，仍記憶猶深，可見人就是不能做不對的事。

「你知道我最遺憾的是什麼嗎？」喔！他在考我嗎？啊，這個問題超簡單，不用說，那就是——「你很遺憾退伍時沒有帶一個『最有價值』的金門姑娘回去做最永久的『戰地紀念品』吧？」

「是啊，我好遺憾哩！我真的好遺憾！」他無奈地笑了笑，語氣中透露著一絲絲「錯失良機」的可惜。接著，他又滔滔不絕地說：「你們金門小姐都很勤儉又很會做事，尤其是做生意、顧店的小姐，哇，不但長得很漂亮，頭腦也是一級棒咧！」「你只要去過一次，下次再到店裡時，她們馬上能叫出你的名字。更厲害的是，她們還記得你的生辰八字，有次我不經意地經過她們的店面時，眼尖的她們居然跑出來喊住我、招呼我說：『喂！李建利，你的生日快到了喔！來，請你吃幾個貢糖！』」「哇塞！那感覺真是又窩心又感動！不到店裡多買幾包貢糖寄回家也難喔！」他娓娓道來，說著說著，好像又回到了戰地金門的那個場景，那段美好的往日時光。看他神情怡悅，描述得活靈活現，我忍不住哈哈笑了一陣，也覺得有點不可思議的，再向他確認說：「啊！我們金門小姐當真的有這麼厲害？」「當然！是真的！」他很認真地一再強調：

「真的！我不騙妳哦，這是千真萬確的事！」此時，車子轉了個彎，行駛在另一條街道上。

他接著又語帶羨慕地說：「我們排長好厲害喔，退伍時就帶了一個金門小姐回去哩！」看他對家鄉的金門姑娘這麼「推崇」、讚賞有加，我問道：「那你都沒想過要交往一個嗎？」「有啊，但我們部隊附近的都很醜，外面商家的都好漂亮。但漂亮的都嘛很多人搶著追，哪有那麼容易追到？」說的也是，看誰條件最優，誰就越有機會。「其實，我也有喜歡一個。她是人家的童養媳，長得還不錯。每次老闆娘看到我去店裡，對她多說幾句話時，她就『虎視眈眈』地對我說：『我這個是有註文（註冊登記的意思）的哦！她將來是要嫁給我兒子的。你麥肖想！別打她主意哦！』害我只能遠觀，不敢把她。」「其實，我有和她聊過幾次天。她也不想待在那個家裡。但一切

都是命定的，從她懂事開始，她就知道，她一輩子都要待在這個家，這是她永遠無法掙脫的桎梏……。」哦！原來當年在他心中，還藏有這一小段「純純的愛戀」啊！只是礙於「鄉俗」，無法與之對抗，放手一搏罷了。

「我在金門兩年，對妳們金門是很有貢獻的呢！」他話鋒突然一轉，啊！不談傷感的往事了！熊熊冒出這句……。「很有貢獻？怎麼說呢？」我一頭霧水。「妳也知道，當年在金門當兵是很苦悶的。除了電影院，什麼娛樂場所都沒有，又離家千萬里，像是被拋棄似的。假日只能三五成群地在街上啪啪走、壓馬路，當然就吃喝玩樂一番，好好放鬆、犒賞一下自己囉！」「那時我每個月薪水兩千元，父母親還得固定每個月寄兩千或三千元來。妳算算看，這兩年下來，我在金門花了多少錢？」他眼睛看著前方，穩穩地開著車，思緒卻興致昂揚地在回憶裡行走……。我聽了之後回答：「嗯，這樣說來，你對我們金門還真的有貢獻哦！」忽然他回過神來，問我說：「啊！妳住金門哪裡？」「金城。」「吼，那妳們家也賺翻了吧？」喲！這是什麼話？什麼叫「妳們家也賺翻了？」我說：「錯了！完全沒有。我老爸的店做的是冷門的白鐵加工，根本沒賺到任何阿兵哥的錢！」想想昔日駐紮在家鄉金門的「十萬大軍」，還真是造就了金門商業、經濟的繁榮，造福了無數的家鄉百姓。可惜千錯萬錯，就是我家「開錯店」！沒有及時把握機會「改頭換店」，以致在那外匯源源不絕、滾滾湧入的「阿兵哥錢潮」中一無所獲。

「所以我說嘛，我在金門兩年，對妳們金門是很有貢獻的！」他很驕傲又自豪地笑了一陣

後，繼續說：「還有，鵲山的『八二三』砲彈紀念碑和那條馬路是我們部隊做的。不止如此，我們部隊還到酒廠做蓄酒的酒槽和蓄煤油的油槽。」「還有，最倒楣的是，隔壁連的一排工兵在做工時出意外，被炸得屍體全無……。」「還有一輛卡車到海邊去運沙，結果誤觸地雷，也被炸了……。」啊！聽到這兒，我覺得好難過……。當年這類悲慘的工事意外事件時有耳聞，真是人間慘事！悲傷的家屬心裡的痛，不知要反反覆覆煎熬多少年才能平復啊！難怪抽籤抽到最前線的「金馬獎」時，大家都臉色大變、呆若木雞，三魂七魄跑掉一半……。當時當兵的人生命都沒有保障，家屬只能求神拜佛，保佑自家子孫「金鐘罩頂」，逢兇化吉，自求多福了。如今時代變遷，當兵都在當「少爺兵」，夏天溫度太高，超過三十八度時還「免出操」。真是此一時彼一時，不能同日而語啊！

看看車窗外兩邊不斷變換的街道風景，距離機場的路程也越來越近了。再過不久就可以回家了，我的心情極度興奮。我對他說：「金門現在變得很進步，和當年已經完全不一樣了，金門的旅遊團團費也很便宜啊！有機會歡迎你約親朋好友舊地重遊。」不料他竟「唉！」地嘆了一口氣，幽幽地著：「如果當年我也有幸娶到一個『金門小姐』的話，她一定能幫我打理好整個家，說不定今天我也不用在這裡開計程車了……。」言下之意就是，對現況有著許多的怨嘆。對話進行到這裡，大家都想像不到吧，一個僅僅在家鄉金門當「過路客」的臺灣少年郎，對於金門姑娘，儘管時光急遽飛逝，二十多年後仍是念念不忘。「啊！姻緣天註定，每個人有每個人的緣分，『賣找賣線』（無可閃躲）之意，不可強求啊！」我很自然地這麼安慰他，忽然又驚覺，吼！我這語氣，像極了一個老婆婆在說話。

啊！松山機場到了。車子「嘎」的一聲，在機場的紅色「遠東航空公司」看板下停了下來。當我付了帳，把行李拿下車時，他邊找零錢邊說：「我看得出來，你也是一個很優質的金門小姐哦！」「喔！謝謝！這你也看出來了！我真的是一個非常優質的金門小姐呢！不過！歲月不饒人，如今我這『金門小姐』已變成『金門大姐』了。」啊哈！一不小心，我那「原汁原味」超自信、超坦白的個性又表露無遺了。

我拎著行李走進機場大廳。這將近二十五分鐘的車程，從我上車、運將邊開車邊聊到下車，中途完全沒有冷場。毋庸置疑的是這段車程，因著運將李先生對於家鄉金門一籮筐的回憶，才有這「懷念特別多」的一番晤談。而他誠懇、可愛又有趣的生動描述，實在令人開心怡悅，也讓人感受到與他人相處時的真誠互動，那輕鬆自在的氛圍，即使是一段短暫的時光，一樣讓人印象深刻哩！

阿婆的哭聲

以前我在前門倒垃圾，後來垃圾車改路線了，我跟著改在後門倒垃圾，因此認識了阿婆。

阿婆應該有八十幾歲了吧！她頭髮斑白，不太說話。媳婦不在家時，她才跨出門幫忙倒個垃圾。初時，我倆只是對看互望，後來，我會和她閒聊兩句，她很開心地直問我住哪裡？幾個孩子？有沒有在上班？

其實我們家中的成員不多，並沒有天天倒垃圾，但阿婆的和氣，讓人印象深刻。

有一陣子，我回永和的娘家小住，卻忽然在新聞報導中看到了阿婆！那是一則臺商在大陸被幾個半夜潛入屋內劫財的竊賊殺害的新聞。天啊，竟是阿婆經年累月在大陸經商的兒子……。

鏡頭上的阿婆哭得傷心欲絕，幾近昏厥。這是個毫無預警的意外，是場「白髮人送黑髮人」的悲劇，這叫阿婆情何以堪啊！我對阿婆家不是很清楚，也不知道她有幾個孩子，只知道她長住在這個兒子家。

回金後，我倒垃圾時再也沒見到阿婆出來過。但是接下來，屋後往往會忽然傳來陣陣悽厲、哀傷的哭聲，是阿婆悲從中來，不斷地呼喊、哀號著：「兒啊！我的兒啊，我的心肝寶貝兒啊……。」那是一個慈母對愛兒的陣陣呼喚，聲音十分悲慘哀痛！但無論阿婆如何聲嘶力竭、聲淚俱下地哭喊，阿婆的愛兒是回不來了。

我聽了，也為阿婆感到一陣陣的難過與不忍。每聽一次，我就替阿婆難過一次。往者已矣，但生者呢？尤其是一個白髮蒼蒼的老婆婆，在風燭之年還要承受這椎心刺骨之痛，那彷彿在她的心口狠狠地刺了一刀，那是多麼劇烈的痛啊！阿婆每天就在這悲痛中過日子。雖然說：「時間是最好的良藥」，但是對一個老人來說，要她走出這個環繞在心中的巨大傷痛，是極不容易的。

我們常說：「樹欲靜而風不止，子欲養而親不在。」又說：「生前一粒米，勝過死後拜豬頭。」這無不是在告訴我們，為人子女者要懂得及時盡孝。而盡孝應是承歡膝下、善體親心。但現在時代整個改變了，家庭結構也變了，往昔三、四代同堂的景象也少了，為了工作與生活，大家分居各處，只能在假日時回家探視父母，否則，都只好以金錢來彌補、來聊表對父母的「孝心」。

其實，為人子女者可曾想過，年老的父母心中所希冀的，並非金錢和物質上的享受，他們要的只是「能常常看到孩子」，如此他們就心滿意足了。

古人有言：「父母在，不遠遊。」不可諱言，古人遵奉孝道，把孝道發揮得淋漓盡致。但如今時代變遷，我們為人子女者就算不能常伴父母左右，也請千萬記得要「好好保重自己」，莫讓家中父母煩惱、擔心、操心，這也算是盡孝了。

不知是否有社工人員常來對心靈受到重創的阿婆作心理輔導？聽聽阿婆的傾訴，和阿婆多聊聊？阿婆此刻多麼需要大家的關心與關懷啊！

思念愛子、不捨愛子的阿婆，當她以痛徹心扉的陣陣哭聲發洩積壓的悲傷情緒時，這聲聲斷腸的泣訴，讓左鄰右舍的鄰居聽了，都好不忍啊！多麼希望阿婆能在親人的陪伴下盡快走出陰霾，度過安享晚年的日子啊……。

媽媽的臉

他從小就是一個乖孩子，白白淨淨的，長得斯文秀氣，內向、不多話，見了面總是微微一笑。

他住在我們家附近，媽媽是個活潑外向的人，人緣極佳，做家庭美髮兼賣衣服，生意好得「嚇嚇叫」，晚上都忙到很晚才休息，隔天中午過後才開始營業。

後來，我搬新家就沒再見到他了。直到有一天，我下班經過警衛室時，有一個「阿姨」的聲音叫住了我……。我仔細一看，眼前的翩翩帥哥竟然是他。他長大了，也會主動和人打招呼了！

由於每天上下班都得經過警衛室，漸漸地與他有了些簡短的寒暄。

他說他在此工作是暫時的，他不想「畢業即失業」，所以就「騎驢找馬」、伺機而動。我覺得他真是一個很務實、「很會想」的孩子，不像時下有些少年流於眼高手低、好高騖遠的習性。

有次我們談到了「媽媽」。他的臉上掠過一抹憂鬱無奈的神情，他說：「阿姨，妳知道嗎？從小到大，我多希望能夠看到媽媽真正的臉，而不是一張永遠都上著濃妝的臉……。」

這輕描淡寫的一句話，剎那間，深深地震撼了我的心！原來，深藏在孩子心中最大的願望，只是想要一個「真實平凡」的媽媽……。

他知道美髮是媽媽的興趣，「愛美」更是媽媽的堅持。媽媽從少女時期就上妝到現在了，而且永遠是「濃妝豔抹」，要她改化「淡妝」是「萬萬不可能」的，要她「完全不上妝」更是「要她的命」。他說：「早上媽媽在睡覺，晚上則是我睡了，媽媽正在忙。」媽媽是個熱情十足、活力四射的人，工作是她的生活泉源，要她「素顏」在家、不做生意，那是永遠「不可能」的「任務」。

後來，他辭職離開家鄉到外地打拚，連媽媽那張「濃妝的臉」都鮮少有機會看到了。很多年了，不知他的心裡，對於「媽媽的臉」是否仍舊抱持著期待？

愛剪的女人

夜深了！身旁周歲又三個月大的兒子已甜蜜入睡。她望著兒子白胖可愛的臉龐，漂亮的兩道眉、大大的眼睛、長長的睫毛、圓圓的臉……。說真的，他一點也不像她。

俗話說：「外甥像母舅。」沒錯！當她的好友阿盾第一次看到小貝比時，仔細端詳了一番後，不禁哈哈地笑了起來，說：「啊，他長得好像妳弟弟喔！」真的，她也覺得兒子像極了孩提時代的小弟。

這是她新婚的第三年，她要再度當媽媽了！回想新婚時的甜蜜，那真是一段美好的時光。可是如今呢？隨著孩子的誕生、隨著日後的相處，他們之間個性、觀念的差異，逐漸浮上了臺面，彼此的關係出現了裂痕……。

其實，這也就算了，六〇年代還是個十分封閉的時代，她是個十分傳統的女性，嫁雞隨雞、嫁狗隨狗，在家從父、出嫁從夫。他想著，他還年輕，學校一畢業就踏入職場，不到半年，透過相親就那麼「有緣地」與她步入禮堂，隨即又當了爸爸……。對他而言，一切都來得「太快了」，快得連他自己都有點不能適應。

他也坦言，自己從來沒想過「結婚」這回事，更想不到「這麼快就結婚」。大學畢業後被「長兄如父」的大哥徵召回鄉，他回家，只是想看看年老的母親，只是尊重一直挑起家庭重擔、從小對他照顧有加的大哥。他打著如意算盤，想著回鄉晃一晃、看一看，對母親和大哥有個交代之後，他又可「整裝返臺」了！

因為，個性豪放不羈、喜歡「五湖四海皆兄弟」的他，早已和一票臺北的友人、同學打算合伙開公司做生意。

要怪就怪那場考試「惹的禍」。他和侄子的生日只差半年，他們從小玩在一起，一起讀書、一起畢業、一起回鄉。如今，大哥也鼓勵、「下令」他們一起應考。

一向「天不怕地不怕」的他，心想：考就考吧，報考者不少，我又不一定能考上。到時大哥和母親又能以「瞎密理由」留下我？到時我就可「遠走高飛」，前往臺北那繁華的世界發揮長才、「大展鴻圖」，誰要留在這「鳥不生蛋、烏龜不上岸」的彈丸之地呢？

可是，「千算萬算，不如老天一算」，孫悟空再精、再厲害卻始終逃不出如來佛的手掌心。放榜時，他居然竟然「被錄取」了！事與願違，這真是「打了他一記悶棍」。當然，以他的聰明才智，一級棒的頭腦，沒被錄取才真有鬼。

勝利的母親和大哥笑逐顏開、滿面春風，心裡暗爽著：「這回看你再往哪裡跑？再有瞎密理由出關？」

他心想：嗯，既然……既然都有頭路了，那……那不妨就先做做看，在家陪陪、安慰老母一段日子後再「藉機落跑」。

俗話說：「父母疼小兒。」沒錯，初步的「慰留」已經成功，那麼接下來，就是要把他「好好安定下來」。他上班不到半年，家中就緊鑼密鼓地替他安排相親。

嗯，在那個年代，以他的條件，他算是個「黃金單身漢」。哥哥們都已成家，老么的他不用負起照顧弟、妹的重責大任，他年輕又有好工作，雖然不是「潘安再世」，但是很酷、很有個性，非常有男子氣概。

啊，「男大當婚、女大當嫁」，這是天經地義的事。除了親戚的熱心介紹，他的同事也熱力十足地一起加入「積極推薦」的行列。一時之間，他變成了「強強滾、熱騰騰的搶手貨」。

她，也只不過是他眾多相親對象中的一個。他不明白，為何他寧可捨棄那些在學歷上、職業上、面貌上都極佔優勢的女孩？而選擇她這貌不驚人、學歷不高、工作不優的平凡女子？

他對她展開密集的追求攻勢。溫柔的她，對混身充滿陽剛氣息的他，有一種十足的信賴與安全感。從相親認識到交往、訂婚、結婚，只花了四個月的時間。啊，典型的「閃電結婚」，「速戰速決」的方式很符合他的個性。

訂婚後的某一天，堂弟在和她母親閒聊時無意中說了一句：「他很愛賭哦！」堂弟在就讀大學時應該早已耳聞，甚至也認識他這號「響叮噹」的人物⋯⋯。

當母親向她轉述這句話時，對於「很愛賭」這尖銳的三個字，她的反應卻出奇平淡。「喔，是嗎？是這樣嗎？」她想：那也許只是學生時代，閒暇無聊時和同學玩玩罷了！以後結婚有了個家，應該不會再去「重拾舊好」吧⋯⋯。而且，婚期也訂了，雙方都已積極地籌備婚禮事宜，難道要在此時為了這一句話而「喊卡」？來個「留校查看」，婚禮延期，繼續觀察？

要恨，中國俗諺「有錢沒錢，娶個老婆好過年」這句舉世名言，也該好好算上一筆。要命哦，冤枉啊，月下老人！他們訂婚後兩個星期就結婚，結婚後八天就「過年」了，因為大家也要趕搭這班「過年娶親」的列車哩！

有人說：「愛情是盲目的」，有人說：「結婚、結婚，一時發昏」，更有人說：「結婚、結婚，一結就昏」。當然，這些話對那些細水長流、「慢跑型」的情侶來說，他們在時間的淬煉下已是「知己知彼，百戰百勝」，完全不具任何「殺傷力」。但對她而言，這簡單的三言兩語貼切地道出了她婚前和婚後的狀態。

「愛情」，恆久以來一直是被人們所歌頌的。而在愛的世界裡更常常存有一種奇怪的迷思，那就是「女人很天真，總以為自己是『救世主』，只要有愛，就可以『改變男人』」。不巧的是，偏偏她正好也「噗通」一聲掉入這個陷阱中。她想著她能「以柔克剛」，她想著婚後他一樣會陪她看電影、他會在家逗逗孩子，她想著他的「很愛賭」她又沒見過，也許那只是一個「傳說」……。

說實在的，婚後的前兩年，他是很ＯＫ的，循規蹈矩，下班後就在家看看電視、泡泡茶、小抽個煙……。只是，這種平淡、平凡的家居生活，對在臺時一呼百諾、豪情萬丈、意氣風發的他來說，簡直是一種折磨，婚姻就像是一種「酷刑」，緊緊地把他綁住了！

外向豪放的他要的是一大票圍繞在身旁、一起尋歡作樂的朋友，單調無趣的家庭生活怎能鎖（守）得住他？他又沒耐性，怎能受得了小貝比的哭鬧纏人？怎能受得了一下子身邊多了兩個所謂的「親密愛人」？妻子、兒子，緊接著第二個小貝比又來報到，他開始覺得「有壓力」，開始覺得有點煩了……。

當時，戰地金門真的很讚，因為「十萬大軍」為居民帶來豐厚的商機，生意一家比一家好。又因為是戰地，除了電影院之外，沒有其他「好玩」的娛樂。況且，閒暇時並不是每個人都很喜歡看電影的。後來，一向「後知後覺」的她才耳聞，家鄉有很多男性公務員下班後、假日時都以「方城之戰」來打發時間，因為公務員有錢又有閒……。雖然大家都知道「賭」是「萬惡之源」，但深深著迷此道者，卻視此為人生的最大樂事！

她從來沒想過，有一天這顆「萬惡之源」的炸彈也會炸到她家裡來。起因是他調到離家較近的新單位來，當他的同事知道他也蠻會「玩兩把」時，就極力邀約他「一起鬥智」。

古人言：「近朱著赤，近墨著黑。」沒錯，沒錯，一點都沒錯。他在同事「鍥而不捨」的熱情邀約下，那蠢蠢欲動的心、那許久未現的技藝，終究耐受不了一再的挑戰、慫恿，終於，他「撩落去」了。他開始和他們「混」在一起，成了哥兒們。

也許初次的允諾前往只是為了不負盛情，只是為了不想得罪同事，只是純為消遣罷了。但是，有一就有二，有二就有三，一旦上了賊船，哪有那麼容易脫身？當他和他那一票掛鉤之後，從此，她與他的戰爭就陸續「開打」。

初時，她總是輕聲細語，好言相勸。後來，當她發現「溫柔相諫」完全失效，接著是一波波的冷戰，彼此把對方當「透明人」，來個不理不睬，他們真正做到了夫妻「相敬如冰」的境界。

她不想吵，她和他之間從來就沒有大聲吵架過。她想，她本就不是個強悍的女人，何況就算真正吵起來，她也吵不贏他，要罵，沒那個聲響，要打，沒那個力氣，要吵，以他向來「唯我獨尊」的個性又吵不出個結果來，何苦白費力氣呢？

他的生活由「一桌」變成「兩桌」，上班是「辦公桌」，下班則是「牌桌」，他樂此不疲，悠然忘我。日過一日，月過一月，她心中充滿了憤怒。賭、賭、賭，他不斷地賭，他賭紅了眼，沉迷在「乾泳」、「疊磚塊」的樂子裡無法自拔。她的憤恨也就越積越深……。她恨自己是個懦弱無能的女人！竟然完全「管不住丈夫」，受到委屈時，只能自己生悶氣或抱著孩子哭泣。

她怨他，情緒在懊惱、怨懟、悔恨中日日加溫，反覆糾纏。她恨他，在她大腹便便到即將生產的這段「非常時期」，他怎麼可以這麼殘忍地對待她？他們之間沒有愛了嗎？他這麼快就對她感到厭倦了嗎？難道她真是這麼無趣的女人嗎？難道他真要把這個家賭垮掉才甘心嗎？

夜深人靜，在他徹夜不歸的夜晚，她只能看著酣然入睡的孩子。她渴望的那寬厚、可倚靠的肩膀，正在與牌友「並肩作戰」，那曾經緊緊擁抱著她的雙手，此刻正忙著和「紅中白板」、「東西南北風」打交道……。

夜深人靜，她根本是毋需等候的，她為什麼要如此不斷地折磨自己？夜夜以淚水滴溼枕頭，痛苦、痛恨的人是她，而快樂的他正挑燈與牌友「廝殺奮戰」，努力地「發揚國粹」，所謂的「妻兒」早已拋到九霄雲外，但偏執的她仍不信邪地徹夜等待，想看看他到底要玩到幾點才「倦鳥知返」？

後來，她不再哭泣了！也許，眼淚已經流乾了，再也擠不出任何一滴淚珠來。但是，不再哭泣並不表示她已坦然接受事實，心中再無任何怨恨。

夜深人靜，她枯坐梳妝鏡前，看著鏡中的自己，她神情沮喪，對婚姻生活的失望和無助，讓她完全找不到昔日樂觀開朗、神彩飛揚的自己，雖然她不是公主，他也不是王子，但她也一樣渴望過著幸福美滿的日子啊！

夜深人靜，在無法壓抑的憤怒中、在四處漫遊的怨恨中，有天，她忽然拿起桌上的剪刀，她需要發洩不快，否則她會發瘋，甚至失控殺……人。

她打開衣櫥、拉開抽屜，開始翻找她的衣物，找出一件看來不起眼的衣服，拿起剪刀，冷著如冰的臉孔，剪刀一刀接著一刀地剪著、剪著、剪著，彷彿疾行的車子在寬廣的平原上恣意縱橫、奔馳……。

看著那衣服在剪刀一張一合的操作下變成一條條細細的「布條」時，她有一種發洩的快感。在不斷地剪、剪、剪的過程中，漸漸地平復了她的情緒，慢慢地安撫了她內心忿恨的火焰……。

她靜靜地拿著「布條衣」，拉開抽屜，重新將它放回原處。

他看到了她的「傑作」，知道了她「無言的憤怒」，但冷靜又高傲的他仍不動聲色，不肯稍稍放下身段，對她說任何一句道歉或哄哄她的話。他一如往常地上下班，然後奔赴賭場。剪衣服，對他來說，不痛不癢，他深知節儉成性的她根本不可能真的「傷」到她在意的衣物，他知道她也只是出出氣罷了！只是，賭字一沾手就像「溼手沾麵粉」，很難脫手。因為，贏時輸家不放你走，輸時你不想走，如此反覆輪迴，沒完沒了！

對於抽屜中不定時出現的「布條衣」，他早已習以為常，灑脫率性的他依然故我。而她，衣服剪多了，沒趣！啊，這已經是「老梗」了，她應該「推陳出新」，來點創意，剪剪不一樣的東西。

嗯，那麼接下來，該拿什麼來發洩呢？打開抽屜，看著一疊疊的相片，相片中的他笑容燦爛，但如今卻「變心」去「愛麻將」！她徹底被那一個個四四方方的「桌上磚塊」打敗了！而且是敗得很慘！她以為他是她生命中的「救世主」，如今該拯救的人是她自己。

翻出相片，她開始剪他的相片，相片一直是她的最愛，但如今，他的相片變成她的最恨！她將相片一樣剪成一條條細細的廢紙，然後扔進垃圾桶裡，甚至連結婚照也照樣拿來「開刀」。看著站在身旁微笑的「新郎」，濃情蜜意不再，二話不說，剪、剪、剪……看著一張張殘缺的相片中獨留著孤獨的「新娘」，此刻的她已心如止水……。

剪、剪、剪、剪、剪……剪東西已經是她一種特殊的發洩管道。只是，當相片也剪厭了、剪沒了時，嗯，她該好好地想想，好好地尋覓、選擇、思考，她該拿些什麼來剪才好呢？

而他，何時才能釋出善意、幡然悔悟，終結這由他而起的另類癖好呢？

婚紗照

這是一間小套房，衣櫥、床組、書桌、椅子、冷氣、電話、電視一應俱全。那是我第一次「招租」，剛好在和表妹聊天時談到。一向熱心助人的表妹，當下立刻想起她的同事安迪也正「急欲租屋」，建議我可列入考慮……。

第一次當房東，一些守則、條文我也不甚了解，只希望不要租到那種破壞家具、不繳房租、惹事生非的「奧客」就好。關於這些，表妹倒是向我打包票，安啦！以她對安迪的了解，肯定這些狀況都絕對「不可能」發生。

表妹在大潤發裡的家具大賣場服務，個性開朗、活潑，人緣極佳，男女同事一起相處，都能敞開心懷地哈啦聊天。至於安迪為什麼要租屋？對於這位「房客」，我倒很想略知一二。打開話匣子，表妹對安迪這號人物就娓娓道來……。

原來安迪在國中時就舉家遷居美國，父親在美經商，也小有資產，唯因原本在臺生活時，父母的個性就有著極大的差異，心靈已不契合，到了美國這個新天地後，幾年下來，豪爽、外向的父親是如魚得水，而傳統、內向的母親離開了原生的土地，是極端的不適應，夫妻之間的差距越來越大，鴻溝越來越深……。他母親不想再如此痛苦地「硬撐」下去，幾經思量，終至協議分手。安迪是家中唯一的孩子，父親不忍母親形單影孤地隻身離開，給了一筆豐厚的贍養費後，又大方地讓安迪陪在她身旁一起回臺。

安迪的鄰居茹萍，是個典型的鄰家女孩，大眾臉，穿著樸實，待人親切，臉上常掛滿笑容，說話輕聲細語，看起來就是那種十分溫順乖巧的好女孩。由於是鄰居，兩家的媽媽就時常往來，相偕買菜、逛街、到家裡哈啦聊天。時日一久，安媽看茹萍是越看越順眼，越看越歡喜，當下就認定茹萍是最佳媳婦的「不二人選」，遂鼓勵安迪與她積極交往。

剛當完兵、尚在待業中的安迪，閒著也是閒著，有個溫柔的女生陪在身旁一起逛街、吃飯、看電影，有何不好？更何況兩家早已非常熟識。就這樣，兩個年輕男女的戀情一直處在平順的交往當中。安迪雖然偶爾會覺得這段感情似乎少了些什麼，但在雙方家長的熱切關愛下，一切的進展都是那麼的理所當然。茹萍雖無過人的姿色，雖不時尚、摩登，但鐵定是一個百分百的賢妻良母。孝順的安迪心裡也想著：也好，一切就這麼定了！

安迪的待業時間並不是很長，他很快地被這家規模蠻大的家具公司所錄用。安迪五官分明、外型亮眼，而且說著一口帶點洋腔洋調的國語，馬上成了所有同事們的開心果，他們都愛找他哈啦，或者開開玩笑！聽他講著不純正的國語，成了大家工作中的樂趣。而開朗、豪爽、喜歡中性打扮、說話高八度、有著「男人婆」封號的表妹，更是把安迪視為哥兒們，他們成了無話不談的好朋友。

表妹和同事們原本都等著喝安迪的喜酒，怎知世事難料，半路殺出個程咬金，擾亂了整個大局。表妹笑說，這一切都怪另一個同事阿淵結婚所惹的禍，而一臉無辜的阿淵說，他又不是神，他也不能未卜先知，如何能阻止事情的發生及發展？

原來阿淵結婚那天，安迪和阿淵的堂妹孟薇同為招待員，安迪出色的臉孔的確稱得上是「俊男」、「帥哥」，十分吸引在場所有人的目光，而在餐廳擔任鋼琴師的孟薇也散發著一種獨特的氣質。孟薇一頭披肩的長髮、水亮亮的大眼睛、尖挺的鼻子、吹彈可破的白皙皮膚，配上笑起來迷倒一堆人的笑容，想不多看她一眼也難。話說安迪和孟薇初次相見，四目相接的同時，套句布袋戲中常說的臺詞，那真是「一時天雷勾動地火」，一見鍾情的戲碼馬上上演……（表妹如是說）。熱鬧的婚禮一天下來，孟薇和安迪也聊了開來，並互留下了手機號碼……。

活潑、開朗、健談的孟薇是標準的時尚都會女性，說話直接、敢愛敢恨，與溫順、傳統的茹萍相較起來，那是完全截然不同的兩種典型。安迪一向平淡、平穩的心，因緣際會地因著這場婚禮的邂逅而波濤洶湧。安迪的情緒再也無法平靜下來，他的思潮澎湃起伏，陣陣的浪花在心湖翻騰。他重新審視他和茹萍之間的「感情」。他發現，一直以來，他都聽命於母親的喜好，處於被動的接受狀態，無所謂熾熱的、刻骨銘心的愛戀。孟薇的出現，無疑地在他的生活、生命中剎那間併出了巨大的火花。他完完全全被「電著了」，感覺他的「真命天女」就在眼前……。

而孟薇則剛從「療傷期」走出來，之前她全心全意付予感情的男友，在騙了她一筆錢財後遠走高飛、消失不見，這讓她沮喪、傷心、痛心了很久，沒想到她竟然栽了一個跟斗！一個外貌佳、口才好、氣質優的男生，竟也潛藏著騙財騙色的危險！這給了她一個教訓，領悟到一個滿嘴「胡蕊蕊」的人，並非可終生信賴的對象。在與安迪相識、接觸、聊談後，聰明的孟薇馬上鎖定他就是今後幸福人生的「最優人選」。

在彼此看對眼、「妹有情郎有意」的情愫催化下，這段「非常有感覺」又對味的感情進展神速。一切來得太突然了！安迪根本來不及也無暇思索茹萍的定位與感受，他已沉醉在與孟薇的濃情蜜意中，無法自拔脫身。

女人是最敏感的，安媽和萍媽自然也感覺到安迪變了！安迪對母親不再「唯命是從」，對茹萍不是唯唯諾諾就是冷淡以對。然而，紙終究包不住火，安迪在安媽、萍媽及茹萍三個女人的環伺下只有「坦白自首，據實以告」……。

安媽簡直快氣瘋了！極端憤怒的她嚴令禁止安迪再與孟薇繼續往來，更把孟薇視為眼中釘、肉中刺，必欲除之而後快。安迪在這場「傳統型」與「現代版」的愛情「爭奪戰」中成了「夾心三明治」。他也萬分苦惱，不知該如何面對生氣的母親、指責的萍媽，和靜默不語、偶爾以淚洗面的茹萍這三個女人？他覺得那個家，他再也待不下去了！他想搬出來住，冷靜思考一陣子，在茹萍與孟薇之間，重新做個評估和選擇……。

唉！為什麼安迪要租屋？整件事情的來龍去脈就是這樣子……。哇哩咧！好不容易聽表妹把「故事」如此完整地敘述完，我還真佩服表妹，不愧是安迪的死黨兼心腹。接著表妹說：「表姐，你就可憐一下安迪吧，看我的面子上，房子就租他好了……。」想著安迪三角戀情的糾葛，安迪急欲逃脫母親擺佈操控的心是十分焦急而迫切的。安迪已是個成年人了，他對自己的一切事情有絕對自主的權利，更何況是關係著自己一生的幸福。我終究禁不住表妹一再替他說好話、掛保證，就決定收他這個房客了。

簽約的這天，我正式見到了安迪以及小鳥依人的孟薇。濃眉大眼、五官分明、皮膚白皙、身材高挑的安迪，乍看之下還真有點像混血兒，一口好笑的國語，說著說著，有時還會結結巴巴，有時也習慣性地夾雜著一些英文。安迪給人的感覺，就是那種蠻溫和、實在的大男孩，而一直依偎在他身旁的孟薇，在甜甜的笑容裡則透露著一股精明、幹練的氣息。由他們兩人的互動中，我冷眼旁觀，安迪彷彿已完全臣服於孟薇的魅力之下……。我想，在這場女人的戰爭中，孟薇以一敵三（安媽、萍媽、茹萍），是足足有餘了！因為，安迪的一切已全在她的掌控之中。

安迪搬出來自立門戶，行動和生活都自由了，他和孟薇的戀情更是急速加溫……。而此時安媽卻告訴他，茹萍懷孕了！這是一個殺手鐧，也是重新讓安迪回到她們身邊的唯一機會。但這對安迪來說，簡直是一個「晴天霹靂的意外」，他又面臨了選擇題。他該回頭對茹萍負責？還是繼續勇往直前，忠於他的愛情？

我和安迪的租賃合約只簽了一年。這一年中，兩邊的女人仍持續較勁著。茹萍不願拿掉孩子，安媽也極力護衛著茹萍，不斷地催促著安迪與之成婚，而孟薇對安迪也絕不鬆手，極力爭取她的愛情與幸福。

而我只能說，在感情的國度裡，是沒什麼道理和法規可言的。感覺對了，相互來電，在對的時間遇到對的人自是美事一樁，在對的時間遇到不對的人即成怨偶，在不對的時間遇到對的人是一種遺憾，在不對的時間遇到不對的人更是一種災難。緣來了擋不住，緣去了留不了。安迪自忖他與茹萍之間平淡的感情已經完全沒了溫度，事情總要有個了斷，便鼓起勇氣，明白地告訴茹萍不可能與之成婚……。一年租屋到期後，孟薇唯恐安媽、茹萍再來騷擾，已為安迪另覓新住處，火速搬遷了！

這間小套房原本是作為偶爾到臺時的落腳處，後來想想也不常去臺，不如出租，省得多年來一直「養它」，每月繳交管理費、水電費、瓦斯費、第四臺費……，實在也划不來。安迪搬走後，接著以後的出租事宜、篩選房客，我就全權交由添弟處理，省得往返花費、來回奔波……。

小套房後來陸續又住了兩任房客。去年暑假我到臺，剛好房客搬走了，我趁機巡視了一下家具、物品，看看這幾年來是否有所損耗。當我打開衣櫥大門時，一件東西倚在櫥櫃邊，好奇的我伸手去拿，哇！足足有好幾斤重，用兩手把它搬出來，扳開蓋子上的扣扣，裡面是一本厚厚的婚紗照！打開一看，竟是我第一任房客安迪的結婚照，但新娘不是孟薇，那一定就是茹萍了。相片中的她，論姿色的確不如孟薇，但若論個性，肯定比孟薇有過之而無不及。茹萍一臉洋溢甜蜜、幸福的微笑，安迪帥氣、深情的注視眼眸，每一張相片、每一個鏡頭都散發著喜悅的氣息。我想，若沒有孟薇從中介入，茹萍和安迪應該早就是一對佳偶。但偏偏「千算萬算，不如老天一算」，難道這年頭真的是「男人不壞，女人不愛」？同樣的，「女人不壞，男人也不愛」？乖乖牌的女（男）孩就注定被打敗？但這本又厚又重，少說也要花費三、五萬的婚紗照又是怎麼一回事呢？

我去電詢問表妹這本婚紗照的事。婚是結了又離了嗎？還是……？表妹嘆了一口氣說，當時孟薇和安迪鬧憋扭，久久都不理他，安媽見機不可失，趕緊逼婚，她正等著抱孫子哩！當下安迪也就順著母意，和茹萍拍了婚紗照，準備擇期完婚……。這等大事被孟薇知道了，覺得事態嚴重，她所看中的真命天子，怎可如此輕易就重回舊愛的懷抱？於是「火速回頭」，硬是把安迪從三個女人手中又搶了回來……。與孟薇言歸於好的安迪，和茹萍的婚禮自然也就「不結了」！再說萍媽眼見愛女的婚事轉瞬間又成了泡影，心有不甘地帶著小腹微凸的茹萍到公司找安迪理論，並向他的上司申訴、告狀，搞得安迪飯碗不保，公司請他「回家吃自己」。而精明的孟薇為恐夜長夢多，隨即和安迪公證結婚。婚後因為不見容於雙方家長（孟薇的父母亦極力反對女兒如此「橫刀奪愛」），遂從繁華的臺北市搬到偏遠的南部定居，如今也有了一個可愛的小男孩，過著幸福快樂的日子。

至於茹萍生下的女兒，安迪是否答應按月支付撫養費？或者交由安媽撫養？或者以後跟著茹萍再婚？那就不得而知了……！

縱觀整個事件中，最最無辜的是那小女嬰。孟薇的強勢、安迪的搖擺懦弱、茹萍的溫婉、安媽的固執，大人們的過錯是否會造成她日後心靈上的陰影？安媽一意孤行地想以「性與孩子」做為唯一的「致勝手段」，在這科技日新月異、一日千里的時代，在這道德、價值觀紊亂的社會，已經全然不管用！

我問表妹要如何處理這本婚紗照？表妹說，丟了吧！它不可能回到安迪和孟薇的家庭裡，而讓茹萍擁有這本婚紗照，也只是徒傷感情，安媽留著，更只會火冒三丈。這本婚紗照，再留著也無任何意義……。

翻著一頁頁場景、姿態、造型不同的美麗相片，男女主角甜蜜幸福的笑容，在現實中竟是如此虛假，原來一切從來都是不存在的。這厚厚的、花費不貲的婚紗照，居然落得一個「奶奶不疼、爹娘不愛」的淒慘下場。它已沒有任何存在的價值及意義，但是我也捨不得馬上把它丟棄，始終將它放在閣樓上。

算算時間，孟薇的兒子、茹萍的女兒應該都四歲了吧！安媽是否原諒了安迪、接納了孟薇和孫子？茹萍是否找到真愛，有了好歸宿？在臺北這個大都會裡，每時每刻都有事情發生，各個不同的情節、故事在上演著，誰又顧得了誰？誰又為誰著想呢？我已經下定了決心，下次赴臺時要把那本厚厚重重、美麗又可憐的婚紗照，交由環保回收車帶走了！

試探

我的大舅身材修長、皮膚白裡透紅，五官端正，看起來溫文儒雅，十分有書卷味。他讀的是「學堂」教育，上的是語文、珠算和待人處事之道……。

十六歲時，一來是貧瘠的家鄉謀生不易，沒有什麼工作機會，二來是為了負擔家計，身為長子的他，因而坐船渡海到彼岸廈門去工作。

他經鄉親介紹，到當時最有名氣、最大間的「留春閣」中藥行工作（怎麼有點像「綠燈戶」的名字？也許是取其「留」住健康、青「春」不老之意吧）。年少的他負責打雜，掃地、倒茶水、跑外務、買買東西……。

大舅工作勤奮認真，待人和氣，做事一絲不苟，老闆、老闆娘交代的事都能一一圓滿達成。其中最最難得可貴的是，他掃地時，有時會從桌腳暗處、櫃子底下不經意地掃出一些銀元、銅板或紙鈔，不論金額多少，他總會如數交給老闆。如此一次、二次、三次、四次……，只要有掃到，必定交還。偶爾休假回家鄉探親，也是兩手空空、清清白白地回金，未曾摸走店內一丁點珍貴的藥材。

如此時日一久，漸漸地獲得了老闆的肯定、信任與賞識，把他升為「總管」，掌管家中的大小事務。幾年後，老闆已將他視如心腹，更委以重任，大力提拔他在店鋪坐鎮，做「大掌櫃」，薪水節節上升的他，掌管著整間店的生意往來及帳目明細。

民國二十六年的中秋節前，老闆特地放他幾天假，讓他回家過節，還贈送了一些珍貴藥材，讓他帶回家孝敬父母。不想此時中日戰爭爆發，對外交通受到嚴格管制，幾近完全凍結。

大舅去不了廈門就滯留在金。未幾，家鄉淪入日軍之手，金門與廈門往來的交通完全中斷！大舅只好留在家鄉另謀出路……。

這場戰爭，一時間讓大舅失去了他努力多年、得來不易的職位，但若從另一個角度來想，他和最親愛的家人之間的親情卻得以延續。

大舅以他多年在廈門的歷練，和老爸合伙開了間什麼都賣、什麼都有的日用品雜貨店。憑藉著他一貫的「和氣生財」和誠信交易，照樣把生意經營得熱熱鬧鬧、沸沸揚揚的。

兄妹兩家人的一切生活支出，都倚靠這間店的營收，日子過得也還不錯！不料民國四十七年又遭逢國共之間的「八二三炮戰」，當時鄉親大舉撤退遷臺，人潮不再，生意每況愈下，很難繼續經營下去，只好被迫關門歇業。我們一家六口半（母親懷著大妹）也跟隨人潮擠「登陸艇」，逃難到臺灣去投靠姨媽。

每當老媽談起她的兄長，大舅的年少往事時，雖然大舅已往生多年，但老媽心中對他的敬愛、懷念之情仍溢於言表。

末了，她老人家總說：「你知道嗎？你大舅能由一個掃地工變成大掌櫃，完全是因為他優秀的人品通過了老闆反反覆覆的層層考驗，那些散放的、掉在暗處和角落的錢，都是老闆故意要試探他而放置的。」最後還笑著說：「要不是那些死日本兵打過來，當時老闆有個適婚的女兒，就有意收他做乘龍快婿哩！誰想得到一場戰爭就改變了一切……。」

想想，老媽說的也是，人的「命與運」之扭轉，常常都在一時之間改變。而我們在面對突如其來的狀況時，獲得固然欣喜，失去時也要坦然放下；面對現狀，隨遇而安。生活中的種種挫折，就把它們當做是一雙雙「試探」的手，只要順利過關，一切都將得心應手，坦途也就在眼前了……。

女兒讀一年級

去年夏天，寶貝小女兒終於從金城幼稚園畢業了！回想她兩年的幼稚園時光，真讓我捶胸頓足、臉色發青、頭痛欲裂……。

當時幼稚園分為早上班和下午班。幼童們分別輪流一星期讀早上班，一星期讀下午班。小女兒讀下午班還好，大都能乖乖去上課，但輪到她上早上班時，我就頭大。她貪睡，早上叫不起床，八點三十分要到校，往往都拖到九點或九點半才上學，甚至於「拒絕上學」，弄得我都羞於見到她的老師。所以，每次帶她進教室時，我都笑得好尷尬，老師也深知她的「習性」，依舊和氣地招呼遲到的她到自己的座位上，繼續上課。

我也常感嘆自己管教無方，用盡方法就是怎麼也無法讓她在上早班時每天乖乖的「準時」上課。也總想著：

以後讀小學時怎麼辦？小女兒的個性又是「軟硬不吃」，拗起脾氣來，打也沒用、罵也無效，哄也不聽、騙也不理，一味地使性子，常把我氣得火冒三丈、七竅生煙、焦頭爛額，就是拿她沒法子。

兩年的幼稚園時光，對我來說真是一種折磨。我常先去學校福利社上班，再溜班跑回家張羅她上學。因為學校和家裡、幼稚園之間都只有一小段距離，只要她乖乖地不作怪、不使性子、不出狀況，上學這件「大事」，在數分鐘內倒也容易搞定。

令人最恨、最氣的就是，偏偏她會三不五時地給你鬧個「厭學症」，說好說歹，就是「拒絕上學」，最愛獨自在家中玩耍。

印象最深刻的是，有一次我又載著哭鬧不休的她到了學校門口，已經快抓狂的我，強拉著她要進校門，她卻仍是哭鬧著，怎麼都不肯進門去。最後，我只好跑到教室去請老師親自來門口接她。

老師牽著她的小手，好言相勸說：「今天要上非常好玩的課喔……。」女兒止住了哭聲，嘟著小嘴，仍是無動於衷。老師想想，心生一計，走回教室派出三個平日和她玩在一起的同學來「動之以情」。未料，女兒還是不領情、「不買帳」，臭著一張「眼淚未乾」的小臉說：「我不要上學，我不要上學。」無論如何都不肯進校門。脾氣倔到這樣，真是「天下無敵」。怒氣沖沖的我，只好鐵青著臉把她帶回工作的地方……。

我的寶貝小女兒「睡功」一流。有天早上，眼看我又要遲到了，而女兒是讀早上班，嗑睡蟲「大軍壓境」的她，怎麼叫都叫不起來。我情急之下，先趕著去上班再說。但事情一忙，也忘了再回家催她上學。中午下班時，女兒尚未醒來，還兀自做著香甜的美夢！她的「睡功」，真是我的「惡夢」啊。

小女兒不只「睡功」了得，「哭功」更是「一級棒」，光是這兩樣「特異功能」，就足以把我搞得六神無主、人仰馬翻，手足無措，甚而暴跳如雷、失去理智……。

小女兒的「哭」，在左鄰右舍中是出了名的。她「哭功」之強，旁人無法想像。不聒噪的她，快樂地獨自玩耍時，是蠻乖巧的，但若有誰在無意中招惹了她（糟的是我們對此「毫無所知」），此時，在氣頭上的她又不懂得表達，就是習慣嘴巴一張開便放聲大哭。這一哭，大家可慘了！都得忍受她那使勁的哭、用力的哭、盡情的哭，哭到聲嘶力竭，哭到眼淚、鼻涕齊流、哭到「中場休息」之後再繼續哭，哭到「肝腸寸斷」，哭到「地動山搖」……。全家人和鄰居們都得忍受她那像老太婆的裹腳布似的、又臭又長的哭聲，沒完沒了的「超級噪音」轟炸。

慘的是，我們根本不知道她為何而氣？為何而哭？每次這個時候，我也要忍住氣，把她好好地摟在懷中，先問問她：「哪裡不對了，哭什麼？」但硬脾氣的她總是不說，照樣以哭來「回答」你。這時，又得「使出第二招」，和她大玩「猜謎遊戲」。一直提問題來猜，是不是為了這樣生氣？還是為了那件事生氣？結果，當然是「中獎率」極低。起初，她還會邊哭邊搖頭，後來見我竟然沒有一個說對的，就越聽越生氣，又加把勁，哭得更大聲、更厲害，心想我怎麼這麼「不懂她的心」？真是個「笨媽媽」！

她的「哭功」，常把我氣得「吹鬍子瞪眼」又無計可施，氣得真想一巴掌把她打昏，這樣比較安靜。每回理睬她，好言好語地哄著她、安慰她，她也不領情，照哭不誤。後來，大家都學聰明了，只要她再開口哭，大家都各自逃開，關起房門，阻隔「穿腦魔音」進入。

她也超酷、超倔，自己一人任性地、大聲地哭，有時聽她好像哭累了，就像飛機慢慢降落，心想：謝天謝地，該停止了吧！誰知她休息數分鐘之後，飛機轟轟隆隆地，又開始「起飛」了！她又繼續將她的哭聲不停地向上揚。

儘管我已經氣得咬牙切齒、搖頭嘆息、四肢無力，還是得忍著，忍著想把她「痛扁一頓」的衝動。她的倔脾氣，打也沒用，只是更加長了哭的時間而已。我不能充耳不聞，一走了之，和她溝通，她又聽不進去，用寫的，她又看不懂，真是母親難為，真懷疑是否偉大的媽媽都要具備比常人多一點的愛心、耐心、苦心和「傷心」。真羨慕、嫉妒別人家的小孩都乖巧懂事，為何我的小孩卻如此難搞？唉！天啊，是否您真的將降什麼「大任」予我？才如此「勞其筋骨，苦其心志，增益其所不能」地折磨我？

她的「哭功」，讓鄰居小孩也常問道：「阿姨，寶寶為什麼又哭了？」我常報以苦笑。因為她動不動就鬧情緒，和隨時隨地就可放聲大哭的「哭功」，我的身材超級好，因為「心不寬」，所以「體不胖」，我家寶寶就是我「絕對有效」的最佳「減肥藥」，根本不必花錢買。

兩年當中，我的細胞死了好幾億個。兩年的幼稚園，謝天謝地，捱著捱著，如今也就畢業了！兩年當中，多虧許仙女老師深知女兒那又臭又硬的倔脾氣，有時也藉點小事誇誇她，多方教導她，讓她對上課有興趣、有期待，能和同學多多相處、快樂學習，能「盡量」到校上課……。

漫長的暑假結束了，我懷著雀躍的心情帶著她進教室繳費報名。上了「小學」，希望女兒這「超級小番鴨」的性子能有所改進、有所收斂。

上學第一天，阿彌陀佛，她還蠻興奮、蠻期待的，乖乖起床上學去。第二天也還算乖乖地到校。「太好了，好的開始是成功的一半！」，鬆了一口氣的我心中暗自竊喜著。

誰知第三天，慘了！女兒叫不起床，「睡功」再犯，故態復萌，歷史又重演了！無論我怎麼搖她、怎麼叫她，她就是起不來，連眼皮也不眨一下。看看時間，再拖下去，連我都遲到，無奈的我，只得帶著沉睡夢中的她上機車、到學校去。

為了她起床上學的「大事」，我是無所不用其極。我在她身邊放鬧鐘「鈴！鈴！鈴」地吵她，她轉個頭、翻個身就繼續睡；拿毛巾替她洗把臉，她哇哇哭了幾聲，趴著又睡；有時氣炸了，打了她幾下，她哭了幾分鐘後就沒有聲音，因為又睡著了，而淚珠兒還掛在臉上。面對此情此景，生氣、無奈、錯愕、不忍……的情緒混合在一起，真令人頭疼！

叫她起床，對她、對我而言，都是一件痛苦的事。為了讓她早起，我犧牲最愛看的八點檔連續劇，早早上樓陪她睡。不想她「早睡」也晚起，「晚睡」也晚起，真是氣炸人。

第四天，「太陽從西邊出來了」！七點十分就乖乖到校。但到中午要送她上學時，竟在家中又哭鬧了起來。我載著哭鬧不休、在機車的踏墊上一直猛跳搖晃的她到了學校大門口，她那又臭又硬的倔脾氣又發作了，說什麼也不肯進校門去。

唉！氣得我都快爆炸了！只得先和她到熟識的小吃店內稍坐片刻，彼此冷靜一下。此時剛好學校的洪秋珠老師、徐麗娟老師經過，見了此景，好意地進店裡要帶她進教室，女兒仍是一直哭著不肯上學。

最後，徐老師就派一位小朋友去請出她的許玉珍導師來相勸。想想！一個「拒學」的孩子還得動用三位老師來勸說，這場面可真熱鬧。

許老師問了一些話，她還滿腹委屈、小聲地哭著，偶爾點個頭表示「聽到」了。說著說著，最後許老師竟說：「好！下午你就回家休息，但明天要來上學喔！」唉！聽到老師這句話，女兒有如捧到「特赦令」似的，馬上雨過天晴，止哭回家。

唉！我多麼希望，希望從明天起，一切恢復正常，她能做個好學生，不遲到、不拒絕上學，做個不時時讓我生氣的乖孩子……。

女兒讀一年級，當這個又酷又倔又頑強的小女孩開始學注音時，我這老媽自然也不能閒著，每天跟著她一起重新溫習ㄅㄆㄇ的注音，用功地和她一起「讀書」。

起初，她都搞不清楚注音的第幾「分聲」，無論打鉤的、往上揚的、往下放的，通通都唸得「一團混亂」。後來經過反覆練習，倒也漸入佳境。當然，這一切也歸功於老師每天認真的教學和不厭其煩的講解，做家長的，只是站在一個輔導的立場而已。

開始教寫國字時，我看了她的作業，嗯！還不錯，寫得端端正正的，我看了蠻開心的，直誇她寫得漂亮。女兒回說：「媽媽，寫不好時，許老師會叫我們重寫的喔……。」看來，金城鎮中正國小「名師」許玉珍老師並非「浪得虛名」，教導學生確實有「兩把刷子」哩！

小學生活匆匆忙忙地過了一個月之後，在許玉珍老師的調教下，女兒漸入佳境，一切都「上了軌道」。老師的「聖旨」一下，一句話遠比我們苦口婆心、「有嘴講得沒沫」來得有效、有用多了。

女兒會讀書認字、寫字後，這對我無疑是一個「天大的佳音」。因為，我與她之間有了一座可以溝通的橋樑。每當她又沒來由地「抓狂瞎哭」，又不想講話時，我就會用紙筆寫注音字條給她，請她告訴我原因，她就會邊哭邊寫地回我紙條。如此藉著紙條一來一往地傳達、溝通，才能明白她生氣的原因，同時也拯救了我好幾十萬個細胞。感謝玉珍老師，真是「功德無量」。

每當女兒要外出而我又不在時，她都會記得留紙條說：「媽媽，我到皮皮家玩，電話三二六一〇〇，女兒寶寶留」，國字和注音一起合併使用，讓我充分了解她的行蹤，每次我看了她留的小字條，都覺得好窩心喔！而星期日早晨，她仍酣睡夢中，我外出時也會留字條在她的枕頭邊，告訴她，媽媽去買菜或是到南門娘家。

女兒讀一年級，長大了，我好高興！這個「超級小番鴨」在玉珍老師的調教下「番性」大改，乖乖上學、背書、寫功課，重要的是，她已經知道不能再動不動就隨便鬧脾氣，有事和大家好好講，哭是「最笨的方法」。這些進步，讓我們「舉家歡騰」，雀躍不已，直誇她「長大了！有進步！」

有時，我們也會取笑她兒時到幼稚園畢業前那一段日子中的種種「惡行劣跡」，實在是家中的大災難，太可怕了！這時她就會頑皮地張開嘴巴，裝腔作勢地表示：「是否要我再來表演一場？」

女兒讀一年級，正是打基礎的時候，我當然也用心地每天晚上陪她一起讀注音、寫國字，很少缺席。女兒的班級人才輩出、高手如雲，稍稍不用功，名次馬上跑到後面。學期結束時，她的總名次是十三名，在班上不算很優，但也沒有太落後。一年級嘛！我們沒有給她太大的壓力，只要她開開心心地去上學，和同學和和樂樂地相處，快樂學習，這樣就好了！

放暑假時，她第一天就把暑假作業一口氣全部寫完（寫到晚上），然後笑著說：「哇！寫得手好酸，不過，我可以天天玩了！」又說：「為什麼要讀小學嘛！我比較喜歡讀幼稚園，我也很想念許仙女老師呢！」啊，原來小搗蛋還蠻重感情的，還懷念著教過她的許仙女老師。

女兒讀一年級，一年級的導師最辛苦，也是我最衷心佩服的，他們所付出的愛心、耐心和細心（仔細檢查、批改作業中的錯字），是其他年級的導師所無法比的。

到現在，我仍記得我一年級的老師是唐昆明老師，高高的、戴副眼鏡、燙短髮，對我們這一班要求蠻嚴格的，一支籐條更是時常拿在手上嚇唬我們……。

女兒讀一年級，真好！希望在她成長、學習的路上，缺點慢慢改進，優點多多累積。當然，我這現代「孝子」（孝順子女）老媽也會一路陪伴相隨。

今年暑假，寶貝小女兒即將升上二年級了，媽媽希望妳一切要比一年級更好！更棒！寶貝小女兒，我們要一起加油喔！

我的老公金愛水

我的老公中等身材、濃眉小眼，尖挺的鼻子是他五官中最漂亮出色的地方，薄薄的嘴唇內有著一口因抽煙、喝茶而有點泛黃的牙齒……。

他板著臉孔不笑的時候，唉喲！橫眉豎目、不怒而威，真的會嚇壞人！尤其是小娃娃，看了他一眼之後，都嚇得「罵罵號」，娃娃的媽媽就會講：「你看，你看，都被你這『壞人』嚇哭了，你要負責給我們收驚！」

老公是輔大體育系畢業的，非常有個性、非常粗線條、非常大男人主義，這些「非常」的特性，都蠻符合他的外貌和所讀的科系。但是，他還有一個非常特殊的「非常嗜好」，那就是他「非常非常地愛漂亮」。他老兄「金愛水」的程度，常讓我懷疑，在這個家中到底「誰才是女人」？

他每天一早起床就用我的名牌「洗面乳」洗臉，再用我的「化妝水」輕拍，又用「眼霜」塗抹眼部四周，接著上「保溼凝露」，然後再擦「美白防曬隔離霜」，有時又上個「蘆薈

膠」。這些每日必做的保養動作一一做完後，再拿起吹風機吹個美美有型的頭髮，拿起香水往身上四處噴噴，然後「一路飄香」地上班去……。

和他比起來，我覺得非常汗顏。因為，光是在「皮膚保養」的工夫上，我就徹底輸他了！他不僅早上做一回，連晚間用名牌「沐浴乳」洗好澡後，還要擦擦「身體潤膚乳」，臉部除了「防曬霜」沒擦以外，也照樣一一塗塗抹抹一番。我就常坐在他對面「欣賞」他美妙又熟練的保養動作。有時搖搖頭，嘮叨個兩句：「老公，你保養品用得很兇喔！你的瓶瓶罐罐比我還多哦！」

他常回我說：「老婆，妳天生麗質根本不用保養，自然就是美啊！」鬼話，他對著我「甜言蜜語」沒安好心，因為，這些保養品大都是我在「樂施」（免費提供）的，他當然樂得大用特用！不用白不用。

小女子雖身為「女生」，但從來不會燙衣服、不曾噴香水、不戴任何項鍊或戒指。反觀老公，脖子上永遠戴著一條「金光閃閃」的鑲玉項鍊，手指上永遠戴著不同的金戒、鑽戒，手腕上更有不少的名牌手錶替換著戴。香水呢？有自己買的，也有朋友送的，那些罐子都很美，用完後都成為我的「收藏品」。他還三不五時勤快地拿著熨斗專注地燙著襯衫、長褲，這時候我也「打鐵趁熱」，趕緊翻出要燙的衣物「搭個便車」哩！

老公衣著講究，特愛名牌，一身行頭從頭到腳，加一加往往「身價不凡」、價值不菲。襯衫、皮帶要買什麼「皮爾卡登」，墨鏡也要買「小有名氣」的什麼牌……，皮鞋穿「拿扭」，襪子要穿有一雙「腳丫子」的，甚至於連裡褲都還要穿什麼有一隻「紅螞蟻」的。

我雖然從小住在城區，卻是個節儉成性的「城區土包子」。對於所謂的名牌，我通通給它不認識，我穿的、用的通通喜歡「地攤貨」。我和老公的想法、價值觀、品味完全不一樣，兩個個性超級南轅北轍、完全「不搭軋」的人，月老卻如此捉狹地把我倆「配成雙」，所以我常說我倆是「絕配」。

每當他從頭到腳忙碌地打理自己的一身行頭時，有時候真讓我非常看不下去，嘆道：「唉，沒見過這麼『愛水』的男人，我的老公真騷包。」女兒也總取笑我們是「名牌老公地攤婆」。所幸二十多年來我倆「各自為政」，他走他的陽關道，我過我的獨木橋，彼此井水、河水「互不侵犯」，過得倒也相安無事。

前陣子到臺去親戚家，親戚的兒子竟然坦白地對我說：「舅媽，我在金門當兵時初次見到妳時，還以為舅舅怎麼娶了個『大陸妹』呢？」瞎密？把我這麼有氣質的人當成「大陸妹」？真讓我好笑又吃驚！難道當年的我，真的是「又俗又土」嗎？

我們常說：「臭男人！臭男人！」，聽在老公耳裡可是會抗議的哦！雖然他「其貌不揚」，「有點帥又不太帥」，「演壞人又免化妝」，板著臉孔、不苟言笑的時候，更像極了電影上「橫跨黑白兩道」的「黑幫老大」……，但是，他絕對拒絕當「臭」男人！他一定要周邊的人都「感受」到他「香貢貢、貢貢香」的男人魅力……。

啊，哈啦到這裡，我真該有點兒「危機意識」哦！好好深思一下，老公這麼「愛水」、這麼「騷包」，這麼有「男人魅力」，會不會哪天被路邊的哪朵野花或是躲在哪個洞穴裡的狐狸相個正著，暗中偷偷地釣走、把走了？看來，以後對於老公的行蹤，一向「放牛吃草」、讓他「獨自高飛」的我，也得私底下給他好好來個「密切注意」囉！

母親的嫁衣

民國二十七年，母親二十歲（虛歲二十一），當時島上駐軍甚多，外婆深怕美若天仙的母親，哪一天不小心被哪個高官、主管們給「趴走」（閩南語，追求成功之意）做了「阿兵婆」溜溜去，這樣一來，她就見不到她心愛的小女兒了！再者，她老人家多年前早就相中了老爸，女兒雙十年華正是最美的時候，此時不結婚更待何時？因此，決定要替她完成終身大事。

二〇年代，當時島上一片荒蕪，地瘠民窮，大家都靠吃地瓜過日子。尋常百姓的婚禮也只不過是男女主角穿著比平日好一點的衣服，新郎由媒婆陪著，直接到女方家接走新娘，稍有能力者就宴請數桌（經濟差點的就免了），婚禮就算完成。也沒有什麼伴娘、伴郎、花童、花轎、樂隊吹吹打打的，路途遠一點的就坐馬鞍左右兩邊各有著坐椅的騾馬去迎娶。啊！就是「鴛鴦馬」啦！

那時精明能幹的外婆在廈門和金門之間跑單幫，除了見多識廣外，又有著一手的「好針線」。寶貝小女兒要結婚了，這可是人生大事，馬虎不得，她可要辦得熱熱鬧鬧、風風光光的。

俗話說：「人要衣裝、佛要金裝。」而新娘是當日的主角，是眾所注目的焦點，一件稱頭的婚紗才能顯示、襯托出新娘的嬌媚和高貴。於是，外婆特地從廈門挑了兩塊上等的絲綢布料，買了一對大珠耳環、一條珍珠項鍊，外加一雙白皮鞋，喜氣洋洋地帶回金門。回家後就開始構思要如何設計衣服的款式？以外婆的聰明才智，當然很快就有了腹案，便馬上動手裁剪。

在外婆的不停趕工下，數天後，兩件精美絕倫、設計高雅的新衣完工了！一件是小圓領、領口繡花、泡泡袖、有腰身，裙子還有細細皺褶的粉紅色及膝洋裝，那柔軟的、充滿光澤的布料散發著高貴的質感，那淺淺的粉紅色透露著浪漫、喜悅的氣息；另一件是鵝黃色、剪裁合身的旗袍，在領口、

袖口、開襟、開叉處還縫著細細的滾邊，再配上自己設計的美麗花鈕，那真是一件傳統的、有著濃濃中國風的典雅、高貴禮服，是準備三天後回門穿的。嫁衣和回門衣都有了，唯獨少了頭紗，機智的外婆把腦筋動到阿兵哥身上，她向軍營的醫務士要了一捲捲的紗布，細心地縫捏出一朵朵的花來充當花冠，再釘上亮片、珠珠，再接上分為兩層（半長的、全長的）的柔軟紗布一瀉而下，一個不用花錢、獨一無二的美麗頭紗就完成了！

所有的婚嫁物品都準備齊全後，接下來就是選個黃道吉日好成親囉！

婚禮那天，母親盛裝打扮，穿著外婆一針一線用愛心縫製的新娘衣，戴著外婆渡海所買來的一切行頭跨出家中的大門時，剎那間光芒四射，彷若天仙下凡，大家都為之驚豔！一時之間，真可說是「轟動親朋好友，驚動鄰里厝邊」。除此之外，男方家也大排陣仗迎娶，最前頭的是樂隊，接著六頂轎子分別坐著媒婆、新郎、兩位伴郎、兩個小花童、新娘，為了表示隆重，還特地在新娘轎前再加上一隊「轎前音」。啊，就是樂隊啦！當然，也喜氣洋洋、吹吹打打地繞街走了一回，由此可知，這個婚禮在當年是多麼的轟動、熱鬧和風光！

三天回門後，母親也開始「洗手做羹湯」，但那件高檔的嫁衣，可是讓人記憶猶新、無法忘懷。大家口耳相傳，於是方圓數百里內都知道有這麼兩件經典、頂級的、「一等一」的新娘衣。

所以，從此之後，不管認識、不認識的，只要是家中有新嫁娘者，無一不託人來商借。好心腸的母親也很願意把好東西「與人分享」，更希望眾家姐妹們在人生中的重要日子裡能漂漂亮亮的，滿懷喜悅、洋溢甜蜜幸福地出嫁！她大方地把嫁衣、旗袍、頭紗、項鍊、耳環、皮鞋，全套「配備」毫不藏私地全數出借。

母親談起當年往事時神彩飛揚，眼裡、臉上還閃耀著「助人最樂」的表情。而我卻問：「那妳有沒有收租金？」「沒啦，只是她們歸還時有送一塊肉或是一個紅包作為答謝。」母親笑吟吟地說。接著她又說：「妳還記得隔壁鄰居臭屁伯和彩英阿姨嗎？」「記得啊！」我猛點頭，臭屁伯為人風趣也十分熱心助人，彩英阿姨白白淨淨的，眼睛大大的，鼻子很挺，非常漂亮，婚前還是戲班的小旦呢！「當時是新嫁娘的她也向我借整套行頭，婚後三天和鄰婦一起到河邊洗衣，回家時發現戴著的大珠耳環少了一隻，趕緊在河邊和來回的路上到處找，但終究還是沒找到，她為此十分愧疚，還急哭了！我知道後就跑去安慰她，說掉了就算了，以後借行頭的人，耳環自備就好了。」母親說著這一段有趣的小插曲，回憶往昔，那情節彷彿還歷歷在目。

母親出嫁後，隔年外婆就準備娶媳婦囉！娶媳婦更是大事一樁，外婆同樣又渡海到廈門去挑選一切飾品，並買了兩塊絲綢布料（橘色和淺紫色的）回金，再拿出她的看家絕活，精心設計、縫製了兩件和母親完全不同款式的衣服，送給媳婦當嫁衣。這回，眾家姐妹們又有福了，以往身材略為豐腴的姐妹，穿不下母親的衣服時只能「望衣興嘆」，否則就要稍微減肥，現在又有了舅媽的兩件新衣加入，瘦一點的選擇母親的，胖一點的就向舅媽借，再也不用發愁身材的問題了。

哇咧！聽到這兒，使我對原本就十分敬佩的外婆更加「肅然起敬」！外婆真是一位了不起的「時尚女性」，在當時民風閉塞，大家對婚禮衣著也毫無概念時，她老人家開婚紗、禮服風氣之先，不惜一切花費，為愛女、媳婦全力打造出美美的、容光煥發的新娘形象。她也不愧是過海跑單幫的，見多識廣，觀念先進，而當初她老人家也只是單純地想送愛女兩件漂亮的衣服罷了！不想卻服務了眾多的女性姐妹，母親和舅媽反而不能常常穿上身，一直到數年後，社會漸漸進步，大家的生活慢慢改善，這四件「許氏標誌」（外婆姓許）、非常紅火的經典衣裳才「功成身退」，回到主人的身邊，但身材已走樣，兒女也成群，每天忙著家事的母親和舅媽，對這當年美麗風光的嫁衣，也只能投以憐愛、欣賞的眼光，來回報它們多年來，圓了無數姐姐妹妹們的「美夢」！

我們的母親——李碧璇女士

黃美亮

我的母親李碧璇女士，金門金寧鄉古寧頭人，在家排行老四，上有二兄一姐，下有一弟，家中以農為業。

外公、外婆原本居住古寧頭北山，但從小生長在城區的外婆，常因為鄉間不定時出沒的「蛇」訪客而嚇得心驚膽跳、花容失色。外公體恤外婆對新環境的不適應，遂從古寧頭遷居到金城南門里居住。外婆靠著做女紅、做生意，幫忙外公維持生計。

母親自小天資聰慧，外婆非常疼愛她這個小女兒，摒棄「女子無才便是德」的傳統思想，省吃儉用，讓她上學讀書。在那個年代的時空背景裡，女孩子們如能讀到初中，是極為難得的。

母親除了上學外，其他時間都陪伴在外婆身旁供其差遣，幫忙她做家事；除了讀書，其靈巧的雙手在外婆精湛技藝的傳承下，亦學會一身好手藝。

二十一歲那年，外婆將其許配給祖籍前水頭，同樣遷居金城南門的黃姓青年聰仁為妻，自此成為黃家第五個媳婦。在外婆心中，她是位乖巧聽話、善體親心、極為孝順的好女兒。

結婚後的母親，與婆婆和妯娌同住。母親盡其本分、克盡孝道，侍奉婆婆不遺餘力。婆婆晚年臥病在床，母親與之對床而眠，一有些微聲響即屈前查看，照顧婆婆無微不至，及至終老。

母親與妯娌相處，互敬互助，妯娌輪流烹煮三餐，年節時共同上市場採購食品。母親做事一向勤奮不懈，舉凡炊粿、包粽，都跟著妯娌一起做，即使多做些事，也從不喊累。因之，家中三個妯娌一團和氣，從無口角是非發生。在婆婆眼中，她是個頗獲鄰里和親友讚賞的、不可多得的好媳婦。

母親與父親結縭，育有三男四女，在共同生活的六十載時光中，和父親形影不離、同甘共苦。早期的家庭生活較為艱苦，因為僅僅靠著父親微薄的手工收入，要供養一家九口的生活所需，實在有點困難，生活中因而常有捉襟見肘、青黃不接的情事發生。母親為了要貼補家用，常常挑燈夜戰，幫人縫製衣服，一針一線毫不馬虎，由於手工精細、技藝超群，因而「訂單」應接不暇。

母親更是一位美化環境的高手，居家佈置，不需假手他人，舉凡門窗油漆、牆壁粉刷、釘天花板……等等粗重的活兒，她都捲起袖子，爬上梯子，拿起工具，默默地完成，不會等丈夫下工後回家來做。

母親更特愛種植花木，院子四周的花花草草，她都細心地照顧，澆水、剪枝、翻土、除雜草……，讓蜜蜂、蝴蝶兒總愛來造訪。院子裡，一年四季總是花朵盛開。

母親有潔癖，總把家裡打掃得乾乾淨淨、一塵不染。家中擺設亦各安其位，整理得有條不紊，母親為我們營造了一個明亮舒適，溫暖溫馨的家。

母親生性簡樸，永遠任勞任怨、克勤克儉，精打細算地謹慎持家，總讓日子平順度過。母親雖然對於父親在家中經濟上無法充足供應而偶有抱怨，但秉持著「一夜夫妻百日恩」及「嫁雞隨雞」、「出嫁從夫」的傳統美德，對於敦厚、不善言詞的父親始終盡心盡力、不離不棄、終身廝守。在父親心中，她是個極為優秀的、「打著燈籠也沒處找」的賢內助。

母親在教育子女方面，亦極盡教養之責。對於孩子總是鼓勵多於懲罰，孩子做錯事，總是諄諄教誨、好言勸誡，不曾使用棍子。母親就是在經濟最拮据的日子裡，寧可自己節衣縮食，也要讓孩子吃得飽、穿得暖，永遠以丈夫、孩子為第一優先。

而每逢學校開學時間，為了要讓每個孩子都能繼續學業，無論如何困難，母親都要想方設法，向鄰里、親友四處借貸，籌足學費，讓孩子如期註冊。

更難忘的是過新年時，母親的一雙巧手總會化腐朽為神奇，把親友汰舊的或半成新的衣物拿來修修改改，加上蝴蝶結、滾邊、綉花，變成一件件非常美麗別緻的新衣，讓我們風風光光、高高興興地穿出門，沒有人相信那是一件件舊衣服的「變身」傑作。

從小到大，我們七個孩子在母親慈愛的督導下規矩做人、認真做事。及至成年，我們亦在父母的見證主婚及濃濃祝福下各自成家立業。

我們七個孩子在職場上亦各有所職，不辱父母之教導。峰弟雖未任公職，但頗受廠長器重，也做到課長的職位，弘弟在北市擔任郵差，是個認真盡職的「綠衣使者」，最小的添弟任職於北縣國立高中行政部門，是個「考將」，每考必過，當他「高考」上人事行政職系人事行政科時，真是舉家歡騰。想來，是這最小的老么完完全全地承繼了母親所有的聰明才智。珍妹雖然學歷較低，但頗知自勵，自求精進，奮發向上，也在職場工作長達二十八年之久，惠妹在嘉義市的幼稚園當老師，娜妹在國小任教，我與夫婿鄭校長亦在教育界服務多年，三年前「共進退」，同步退休。

想想，我們七個孩子如今皆有所成，都有幸福美滿的家庭，這一切的成果，莫不都是在母親浩瀚的慈恩光輝中成長所致。在孩子們的心中，是多麼的慶幸和幸福啊，我們能擁有您這麼一個極為傑出、優秀的好母親。

母親對待孫兒，雖是臺灣、金門相隔兩地的聚少離多，但無論內孫、外孫，您卻是毫無私心，個個疼愛有加。母親每次從金門到臺北，總是大包小包的土產、特產，不論貢糖、海蚵、一口酥、麵線、寸棗糖、花生、蚵乾……，這些的家鄉味都是家家有份、「通通有獎」。

有時候，兒孫們需要買什麼東西，「晉級」為「阿嬤」的母親都會大方地掏出私房錢來熱情贊助，母親無私地疼惜兒孫的心，讓大家都深刻感受到了。因之，在兒孫輩的心中，母親真的是個慈祥和藹、有求必應的「好好阿嬤」。

做為婆婆，對待兒媳，母親也將心比心，把媳婦當作女兒看待，從未擺出「位高權重」的姿態，也從未對媳婦頤指氣使。母親深知媳婦是兒子的另一半，嫁入黃家就是黃家人，她當然也要愛屋及烏地善待媳婦、疼惜媳婦。

我們也常說母親的媳婦是「聯合國」，大弟妹淑華來自臺北汐止，二弟妹吟秋來自家鄉金寧湖下，小弟妹秀容來自廣東外省第二代。她們都是賢妻良母，都幫著弟弟們把各自的家打理、維護得很好，兒孫們也個個健康、活潑，很讓母親寬慰。弟妹們對母親，一向敬重有加，從未發生過婆媳爭吵的情事。在媳婦們的心中，說母親是她們的「第二個媽媽」，一點也不為過。

做為岳母，母親亦本著「丈母娘看女婿，越看越有趣」的心態，對待女婿猶如兒子。母親是個重禮數、極為客氣的人，對於女婿，更是處處以禮相待。在藩志、文曲、明理、任益等四位女婿心中，岳母的待人接物面面俱到，處事之道事事圓融，實為晚輩們的最佳典範。岳母再女婿們心中的地位，實亦不亞於母親的地位。

母親及至晚年因身體欠佳，需常常到臺就醫看診，為免臺、金往返之舟車勞頓、費時費力，情非得已之下，不得不離開家鄉金門，這塊孕育她一生而帶有濃濃鄉情的土地。

決定遷居臺灣，讓母親痛苦萬分，心靈飽受思鄉的折磨。她想在金門家鄉終老一生，但「多發性骨髓瘤」需要每月看診醫治。母親是個明白事理的人，她深知若長住家鄉，必定拖累在金的三個女兒和女婿，遂忍痛割捨戀鄉情結，赴臺依靠兒媳，一方面生活有個照應，另一方面看診方便，同時還有兒孫承歡膝下，正可好好享受天倫之樂。

母親的病情在臺大醫院血液腫瘤科主治大夫田蕙芬醫師的悉心看診和照顧下，病情一直控制得很好。萬分非常感謝仁心仁術的田蕙芬醫師，若不是她將母親醫治得這麼好，我們就不可能再擁有將近五年的時光，時時前來臺北看望母親、陪伴母親。

九十七年十二月初始，母親因為久咳不止，前往就近的耕莘醫院看診，整整住院十天後，於十五日早上出院回家。不料十六日星期二，在出院的第二天早上，母親自覺身體不適，父親發現母親「頻頻吐氣出來」，直覺這不是個好兆頭，心中暗感不妙，當下電話催促遠住南港的峰弟夫婦前來送母親再度就醫。

在車上，母親與兒、媳還言談、交代了一些事情。萬萬沒想到事發突然，母親在「加掛」候診中，在病歷都尚未送達診間之前，忽然陷入重度昏迷！

這突發狀況把所有周邊的人都嚇壞了，連田醫師也急得連連說著：「趕快去急救室！趕快去急救室。」於是，父親和峰弟夫婦及印傭雅蒂火速趕往急救室。當醫生催促地問著：「要放棄？

還是急救？」，實在不忍母親就這樣突然撒手人寰、「不告而別」的父親與峰弟、淑華，當下馬上做出了「迫在眉睫」的不二選擇，馬上插管急救，把母親從鬼門關搶了回來。

九十八年二月二十日晚間八時二十九分，母親終因肺炎引起敗血症、腎衰竭而不治往生，結束了長達兩個月零四天的苦難病房時光。

親愛的母親，請您千萬要原諒我們的自私，因為當下真的不忍心也無法接受您「突然之間走掉了」的事實，因之無論如何，說什麼也一定要「救您一把」！為了我們的一己之私，我們強留您在人世間多折磨了兩個多月，但也因著這兩個多月，讓我們抓住這「搶來的日子」，和您做最後的相處、探望與訣別，並做好萬全的心理準備。

母親終其一生都兢兢業業、堅守崗位，謹守本分、禮數，盡職地扮演好她做為「女兒、媳婦、妻子、母親、婆婆、岳母和阿嬤、外婆」的每一個角色。

回憶敬愛的母親，她一向潔身自愛，賢慧端莊、溫柔婉約，外有清秀的臉龐，內有書卷氣的豐富內涵，實在是位極為難得的「超優質」、「極優秀」的女性。

古人說：「同船過渡也要五百年的緣分。」我們兄弟姐妹七人何其有幸，應是累積數億年的緣分才能與母親您結緣，做為您的子女，成為一家人。有您這樣的母親，真是我們前輩子修來的福氣，也是我們的驕傲。

如今，享壽八十高齡，枝葉繁茂、子孫滿堂的母親，您蒙佛祖接引至西方極樂世界。法師和禮儀師一再囑咐我們不要過度悲傷，要以「祝福的心」來與您告別。

親愛的母親，您走了！您走了！您走了！回顧、追念您的一生，您不枉費在這人世間走一回，您已「功德圓滿」，安心前往極樂天，前往「離苦得樂」的往生淨土。

敬愛的母親，我們都已遵照您的交代，為您做法事、做藥懺、做功德，為您化清秀美麗的妝容、選最漂亮得體的衣服、買最高貴美麗的頂級「皇金甕」（臺語），並謹尊您的交代，讓您和大舅、姨媽同住在臺北市大安區的慈恩園裡，您不會孤單寂寞的。

親愛的母親，請您放寬心，我們會好好照顧父親。相信您已心無掛礙，安心地跟隨佛祖去了。

慈愛的母親，您的軀體雖已遠離，但母儀長存，慈恩浩蕩。您的音容笑貌、精神常在。您情留子女、媳婦、女婿及十六個內外子孫，留給我們無盡的追思和永遠的懷念！

雖然說「天下無不散的宴席」，雖然說「生老病死」是人生的定律，「往生」是人世間唯一的終結。但偶爾在人群中看見如母親般的長者，仍不免思念母親，在午夜夢迴中每每憶及母親，仍情不自禁地潸然淚下。

親愛的母親，思及您躺臥病榻、遭受病魔的百般摧殘與折磨時，我們內心萬分痛苦、飽受煎熬。每次的探望，都讓我們哽咽落淚不已。如今，您解脫了，您不再有任何的病痛與折磨。慈愛的母親，我們兄弟姐妹雖然都對您的遠離萬分不捨，但在我們心中卻都有相同的共識，母親您形體雖亡，但精神常存。

親愛的母親、敬愛的母親，慈祥而偉大的我們的母親——李碧璇女士，其實並未遠走，她老人家只是「換個地方住」罷了！母親住在天國，母親住在我們的心中，母親您永遠鮮明地活在我們家族的每一個人心中……。

心情點滴

窗外雨紛紛

當雨聲在窗外簷下淅瀝淅瀝地成串敲起時，總令我想起那初次的約會。

在這軍管時期的金門戰地，電影是島上軍民的唯一娛樂。在我們數次相談甚歡下，男孩，你說：「晚上請妳看電影，七點半，在育樂中心等妳。」笑一笑，我點點頭。於是，你的酒窩更深、更令人迷惑了。

我準時赴約，你早已買好票在門口等著。說真的，電影銀幕上演的是什麼，我並沒有細心地觀賞，耳朵只專注地聽著戲院外那輕微的一片淅瀝淅瀝的雨聲在嬉戲著。心上思忖著，來時氣候不是挺好的嗎？怎麼突然下起雨來了？待會回家時該怎麼辦哪？

散場時，你看著越下越大的雨，皺皺眉頭說：「怎麼忽然下這麼大的雨？」抬頭看看烏漆抹黑的天空，你做了決定說：「我們待一會兒等雨停了再走吧！」

雨停了再走？天哪！那要等到什麼時候？這嘩啦嘩啦的雨，看樣子一時半刻是停不了了，還有一陣子好下的呢！而時間已經不早哩！

忽然，心上閃過一絲想試探你的勇氣，我拿出「戰地姑娘」特有的氣魄說：「算了，別等了，走吧！」你愣了一下，也許是不想在女孩子面前認輸吧！居然也毫不猶豫地答應了。

兩個傻氣的年輕人就這麼「毅然決然」地投入滂沱的雨夜之中，成了落湯雞的你我，在髮上、臉上、身上灑滿了顆顆不斷跳躍的水珠。而你的笑容、我的笑容，遂在這場突如其來的夜雨裡編織成一張如夢的網，閃著水珠般的晶瑩。

我曾為你美麗哀怨的故事而惋惜、嘆息，但我知道你並沒有被擊倒，從小單親家庭的環境，早就培育出你堅強、獨立的個性。許是由於安慰之心，許是你那燦陽般的開朗氣息感染了我，我還真想深入了解你一番。

日落黃昏後，我倆相約漫步在清風徐徐的林蔭小道上，聽你娓娓細說著童年、成長故事、對母親的記憶、對父親的觀感和手足之情。原來，你也是個感情豐富的大男孩。我倆乘著歡愉的翅膀，在相互的聊談中進一步了解彼此所思、所想、所好。

然而，美好的日子總是這麼匆匆地流瀉而過。你來金門探親、休假的日子轉眼間就結束了。我沒說什麼，只能輕聲地說聲再見，揮揮手，船兒載走了你，你走遠了！走遠了！男孩，要記得料羅灣的朵朵浪花盈滿我倆共同的回憶喔！

日子不再是虛無晃盪，寫信成了我最重要的一件事。而你，總不忘告訴我你的生活點滴，即使是忙碌時的三、兩行叮嚀，也有你深切的關懷和期望。男孩，展信的剎那間，那真誠、平實的每一行字句，填補了想念的思緒，帶給我滿心歡喜。

片片飄落的黃葉宣告著：秋天了，秋天了。我在小屋裡，再次靜靜地攤開你的來函，你寫著：「我想了很久很久，我還是無法全然忘懷舊情，而我們這段愉悅歡樂的日子，就讓它留駐在記憶裡。長痛不如短痛，好好把握住妳能擁有的，努力充實自己。」

我無語，也許空間的長遠距離讓你深感不勝負荷，也許我們都太年輕，對於未來也無從確定。一年多來的想念與牽掛，就像這秋天的片片落葉一樣，悄然飄墜。

今後，不會再有你的信了！心上存的不再是那朝朝暮暮的甜蜜盼望，今年的秋天，徒留一縷悵惘與追憶。

男孩，別再責怪自己了，你我都沒有錯，緣起緣滅都有定數，即使我們不是一個圓，我仍衷心地祝福你，祝福你在人生路上覓得一位溫馨的好伴侶，永遠陪伴著你踏上每一段旅途。

窗外，雨絲仍紛紛地飄著、飄著、飄著，此情雖已成追憶，但留在心中的美好與愉悅，就如這窗外紛紛飄灑的雨絲，在多年後的今日，依然吐露著些許夢幻、些許朦朧詩情……。

故鄉隨筆

嗨，你在信上稱我是「文姐」，又向我邀稿，才剛起步投稿的我深感受寵若驚。其實，我也一直很苦惱，要如何稱呼你才妥當？想來想去，似乎只有對你直接呼名道姓，稱你為「楊樹清」，最合乎你的熱誠與率性。

啊，平凡如我，生活很平淡、工作很無趣。搔搔頭，絞盡腦汁，該寫些什麼？要寫些什麼？想來，只有讓思緒到處漫遊，想到哪、寫到哪，一切隨興。

我在純樸的故鄉，在這純情質樸的海角「金門」島上，沒有五光十色的霓紅燈，沒有聲色場所，沒有熱鬧的夜市可以閒逛。家鄉入夜後一片靜寂，給人靜謐安和的心靈沉澱。而白天的家鄉，沒有日夜不斷的轟隆車聲，沒有漫天飛舞的廢氣和塵埃，沒有緊張的步伐和工作壓力，以及苦悶的情緒。在家鄉的這個島嶼上，所有都市文明的通病在此通通遁形，逃逸無蹤。工作、生活與休閒，一切是這麼的自然、平穩而悠閒。

恆久以來，我都如此眷戀著這個島嶼的一切——湛藍的天空、新鮮的空氣、蒼翠蓊鬱的林蔭大道、悠閒的生活步調。難怪許多來此服役的阿兵哥們，每當他們脫下戎裝，將離開金門返回臺灣本島的時候，總是依依不捨地對我說：「我喜歡金門，我會深深懷念在這裡當兵的一切回憶。」短短的兩句話，他們所流露出的情意是那麼的真摯，真讓我這紮根於此的在地人深深感動呢！

近些日子以來，氣候總是陰晴不定。此刻，窗外的霏霏細雨正迷迷濛濛地飄灑著。我極喜歡這種飄雨的冬日，四周一片悄無聲息，而這樣的氛圍更適合思緒四處遊玩閒逛。望著日曆，舊的一年已然過去！過去的一年，有我許多美好的回憶和許多空幻的夢，空幻的夢就讓它遠颺歸去！而美好的回憶就讓我把它留存在記憶的錦盒中吧！

面對在我眼前閃爍著的新的一九八〇年裡，我在心底許下願望，寄望自己在生活上過得比以往更為美好、充實；在工作上做得比以往更順心、進步；在情感上更趨向於成熟、穩定；在空暇時多多閱讀些好書，同時，永不放棄對於愛與美的執著與追尋……。

佇立於窗前，雨絲依然紛紛地飄著，我的情緒卻是欣欣然。家鄉漫長的冬日雖然依舊蕭瑟、寒冷，

但抖落不去我心上日漸堆積、升起的一股暖意。這些年來，方始深深體會到，平凡也是種極難得可貴的幸福，能夠時常將心情保持在一種恬適、寧靜的水平之上，是多麼不易。其實，一切的煩惱、憂愁和快樂、幸福，進一步和退一步，全在於我們取捨的一念之間罷了。

嗨，我在故鄉金門，隔著海天一色，你應可聽到我飄揚千里、迢迢傳去的誠摯祝福，祝福著已遷居彼岸臺灣，心卻永遠高度熱愛故鄉金門、高度熱愛文學的你與文友們所熱情灌溉的《金門文藝》，永遠燦爛發光，永遠為家鄉金門發聲。

給妳的祝福

楊 青

那天匆匆忙忙寄了張訂婚卡片給妳，我寫著「文曲悠揚，珍珍愛聽」。哎，我這才想到時光過得好快，在金門時，我們雖只見過一面，你的臉譜卻一直深鐫在我的腦海，深思那是什麼呢？就像妳的文章一樣，樸實亮潔，給人舒舒服服的感覺，所以我挑選卡片時，特別看上那張印著一簇百合的，我一直認為百合象徵的是雍榮華貴而不妖豔。妳就是這一類型的女孩，妳會因為擁有一顆潔亮的心靈而享受到生命的喜悅。這也就是我寄上的萬縷祝福了。

時間一晃，又是好幾天過去了，今天拿起金門寄來的報紙打開一看，先是瀏覽那些洋溢著喜氣的紅色框框，忽地一眼映入了「文定三生　真情永浴　曲音柔柔　珍心甜甜」。啊，是誰想出來這匠心獨具的祝語。那是給你們倆最真切不過的賀詞了，比起我的「文曲悠悠，珍珍愛聽」還來得優美多多。妳該高興的，你們身旁有那麼多溫馨的情意祝福著你們，深濃的友情值得衷心掬取，好好收藏。

這些「紅色的祝福」，又叫我陷入一片遐想當中。打開剪貼簿，看到妳的〈起步，起步〉，我想到妳和寫作耐人尋味的因緣；看到〈小村．船〉，也使人陶醉在鄉野海濱的情懷之中；再看〈香火袋〉，是妳對鄉土的眷戀和迷惘；而在〈一件毛衣萬縷情〉中，妳把親情、把戀愛的心表現得淋漓盡緻。雖然僅是短短的幾篇剪貼，卻已夠叫我咀嚼再三、回味再三、珍惜再三。

我多想告訴妳，妳的他是幸運的，他在茫茫人海中覓尋到一顆珍珠，一顆會發亮的夜明珠——妳。妳是具有多方面才華和潛能的，縱然未能在現有的時空隱現，我卻相信在未來的漫漫長途中，妳會有致地發出智慧的神光來。當然這是我的祈許，一個陌生朋友的心願。如果妳真心地運用獨有的天賦和才華，定當能消出笑意。

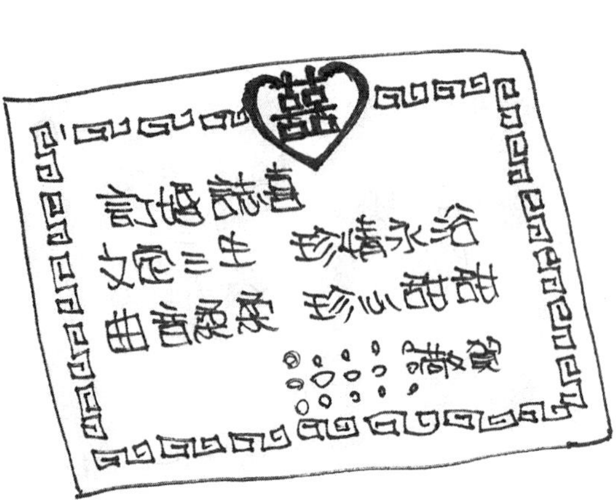

寫及此，像是上氣不接下氣了，也像是完結的月號。而我所要吐露的話語，豈只是這些呢？妳可否還記得？這次我們推出了一個專題「故鄉．他鄉」，妳真的不吝賜予了一篇作品，叫我們驚訝了好一陣子。從那不及兩張稿紙的字裡行間當中，我們為那多彩的秀筆情境所感動，妳說妳有幸生長在濃濃綠意的金門，在溫暖明媚的陽光之下，妳沒有生活的悵然，有的只是爽朗的笑聲和充滿甜甜蜜意的歌聲，身在故鄉的妳，真心地祝福著異鄉的我們過得平順快樂。妳的稿件有著特有的芬芳色彩，妳的心語是絢麗的旋律，我們豈會不懂呢？

在這冬日裡，寒冷的風陣陣捲入臺北市，我們的斗室卻因妳的片語溫暖了起來。啊，我又忘了妳夾在信紙中的素描，那兩張女孩的素描著實吸引人。顏老大還懷疑「這是不是她？」「是啊！」「她真的這麼美？」「還更美！」哈，妳那兩張素描的魔力叫人著迷，但是妳本人更美。於是，我們別出心裁地把那兩張女孩製了版，題上幾個字……，可是又不對勁啊，怎麼可以兩張都是妳（女）？這讓人有點不是滋味喔！我們又千方百計地要妳把「他」也素描出來，以彌補我們的「缺憾」。相信妳一定感到莫名其妙吧，何止妳不知所以然，看到這裡的讀者也一定不知我們在「賣些什麼藥」。原來，我們把妳無意贈予的人像素描刊佈在這一期的《文藝》上，包準妳把我們罵個半死。在這大好的春光中，可不要動了肝火啊！

趣味不是沒有的。人都要懂得運用上一、兩點趣味。就像編一份雜誌一樣，如果全張都是死板板的理論文字，或是極盡嚴肅的批判作品，恐怕會把讀者先生一個個嚇跑，因之，要曉以趣意，繁花之中醉有蜂蝶，蒼穹之中綴以彩雲，湖水之中蓮荷展顏。我不知妳是否同意這個觀點。那麼，妳該不會懷疑我們發表了妳的圖畫吧？其實妳是不會在意的，從小妳就迷上畫娃娃，畫得愛不釋手，老師講課時，妳眼睛盯著黑板，手裡卻拿著筆不停創作……，畫來畫去，畫到現在滿室大大小小的娃娃，學生時代的天真稚氣和當今的神韻都一覽無疑。

我真的羨煞妳那些可愛的娃娃姑娘，至少她們代表的是一個人的喜好和滿足感，不會因時因

地而有所轉變，對妳而言。畫娃娃對妳不是沒有鼓勵的，還記得不久前，國防部徵求自衛隊的服裝設計，妳設計出的男女兩套都入選了。雖然後來妳們的作品都未被採用，另由專家參考設計，倒也得到國防部的一筆獎金。這使妳欣慰了老半天，十多年來習畫娃娃姑娘，從那一張張素描中，很能找尋到妳原始的純真可人，那就是妳珍貴的註腳。

我們把妳的素描刊登出來時，不能不說是懷著愛心。猶記得一次妳寄來的信，信封背面也畫了一個娃娃姑娘，簡直就是妳的自畫像。郵差無意間看到，嚇了一跳：「金門姑娘是不是天上掉下來的仙女？」他追問我（因為我們很熟），還真不敢相信，筆下的娃娃姑娘是人間世的一名少女！我告訴郵差老兄，金門小姐個個麗質天生、溫柔善良，畫出來的還嫌不逼真呢！他真的有點羨慕，看上一眼就滿足了！可見妳別出心裁地把娃娃畫在信封上，會迷上多少人呢！

在妳文定大喜的日子，我盡說些不及義的贅言，浪費篇幅，不知所云。這些是叫人笑話的事兒。那也實在是沒辦法的，我這個人就是這樣，一下筆就不能罷休，不擠滿每一個空格就不死心。我最近變得伶俐多了，要說什麼就說什麼，不需顧忌什麼，只要我們是誠心誠意地談話，就不必怕人家竊聽。我把這些心中微言，一些小小片段「昭告」世人以後，便註定要成為這塊園地的小園丁，也要有容下周遭一景一物的「肚量」，我給妳的句句真言，也正是給妳的小小獻禮。文章一經刊出，就有人看、有人瞧，當人家知道妳是一位極具生趣的小姐時，必然會從妳身上找尋更多的溫馨——尤其是他。

希望這篇玩墨性質的習作能奪得老編的青睞，聊表我對妳的敬愛之忱，這是在年關將至、返鄉之際的前奏，別忘了我「文曲悠揚，珍珍愛聽」的深切祝福，而且是永遠的暖流。

天國的母親

感覺才剛過完年不久，可日曆上鮮明地寫著「五月」這個數字。五月給我的第一個聯想是「母親節」快到了，第二個聯想則是一年快過去一半了。

我的思緒仍停留在二月二十日這天，我的時間凍僵在二月二十日這天。這天的情景已經深深地、狠狠地烙印在我的心版上，在我生命中再也永遠無法抹滅、忘懷。

猶記二月十七日，剛過完元宵節不久且已拜祭過婆婆忌日的大姐，偕同姐夫再度赴臺探望已氣切、仍住在醫院的母親。我原想大姐先去陪伴一陣子之後，我再去「接班」，這樣母親就可天天看到女兒了。

前幾年也曾和大姐差不多時間赴臺，又差不多時間先後回金。去臺時母親很開心，她老人家同時可看到兩個女兒，但回金時母親很失落，她同時又要與兩個女兒分離兩地。後來，我們姐妹錯開時間，輪流來回往返，盡量讓在臺的母親身旁有個她知心、貼心的女兒承歡膝下，陪她聊天、陪她上醫院，烹煮一些她老人家喜歡吃的食物。

從我懂事開始，就感受到母親在家中舉足輕重的地位。母親一直用她源源不絕的愛來灌溉、維護著這個家，母親對家庭的付出是全然無悔無私地，母親是家中的盤石，母親是家中的精神支柱，父親和我們七個孩子都信服著母親，母親在我們心中之至高無上的地位是無庸置疑的。

母親的待人處事、母親的言行風範，不止在我們家有著崇高的地位，在親朋好友、鄰里間更獲得嘉譽與尊敬，任誰都知道「圓嫂」的聲名。

隨著年齡的增長，隨著母親把我當知心好友般地盡情與我傾訴，閒聊她人生中所經歷過的種種情事，和所有的心情與感受。我總認真而專注地聽著母親娓娓道來的故事，母親溫柔的聲音配合著她生動的描述，總讓我彷彿跟隨著她進入那過往的時光隧道，親自參與了她那時空背景的生活。

我開始慢慢解讀母親、了解母親，也能深刻地感受到母親生命中的所有感觸和所有悲喜。雖然有時母親的故事一再重複，但這更讓我牢牢記住母親所有的一切。

母親在金門時，日子過得很開心，除了有我們姐妹善體親心地時常探望、陪伴外，更有親朋好友、鄰居們的和氣相待。母親生活恬適，如魚得水般地悠遊自在。

可我從來沒想過父母親會在臺度過晚年，更從來沒想過，如果要見我最尊敬又親愛的母親一面，得「拋夫棄子」，搭乘飛機專程前往。之前父母親在金，我是天天回娘家的，無論是走路、坐腳踏車或騎乘機車，都可隨時去看看母親，而如今卻與親愛的母親相隔千里。又因為不想浪費昂貴的機票錢、因為不忍看到將回金時母親落寞的眼神，因此每次到臺，少則半月，多則一個月、一個月半，甚而兩個月才回金，回到自己最熟悉的窩。我非常感謝老公，他寬容的氣度成全了我為人子女的孝心。

我總認為為人子女者都要把握當下、及時盡孝、善體親心，趁父母親還健在的時候，在能力範圍內多多陪伴，那才是老人家最感窩心也最需要的。人到老年，一切世事都已看淡，一切金錢與物質享受也不再那麼重要，人到老年，圖的只是親情的溫暖與溫馨的陪伴罷了。

平心而論，我們兄弟姐妹和媳婦、女婿們，對父母親都蠻孝順的，處處以父母親為尊。因為我們不想「樹欲靜而風不止，子欲養而親不待」的憾事發生，我們更奉行著「生前一粒米，勝過死後拜豬頭」的俗諺，盡力盡孝。

二月十八日下午，大姐來電告知：「醫生說媽媽情況很不樂觀，你與娜妹趕緊來臺……。」乍聽此言，我的眼淚早已撲簌簌地滾滾而下。放下聽筒，馬上訂了兩個機位，再電告娜妹一起前往。

噩耗來得有點突然，超乎我們的想像，讓我們措手不及。我和大姐回金過年時，母親雖已氣切，但神智清醒，精神很好，兩眼炯炯有神，握著我們的手，張口不斷地說話，似乎在交代我們一些該做、該注意的事項。之前的插管急救和現在的氣切，讓母親只能開口但無法發聲，我們再也聽不到母親親口說出的任何一句話，只能努力地看著唇形一陣「瞎猜」。當一再猜錯時，母親搖搖頭，眼神帶著無奈，有些生氣了起來，心中一定在說，我們這些「笨孩子」，竟然都看不懂她在「說」什麼。

我們想，母親要說的，無非就是那些事了。母親早在一年前就不斷地交代著「後事」，也不斷地替我們這些各自成家的「孩子們」打預防針，常常囑咐我們說，如果有一天她「時間到了」、走了之後，要我們不要難過、悲傷，人生最終點的旅程就是「往生」這一站了，一切都是自然的定律，不要傷心不捨。母親更「千交代、萬叮嚀」，如果有一天她忽然昏倒了、昏迷不醒了，千萬千萬不要將她送醫，千萬千萬不要對她做任何急救，就讓她在毫無痛苦、不知不覺中跟隨佛祖前往「天堂」去吧。

可俗話說：「人算不如天算。」當佛祖「毫無預警」地要來接引母親到西方時，我們因為「不忍、不捨」，忘了母親之前的殷殷交代。我們強留最親愛的母親在人間，而當我們眼睜睜地看著母親受苦時，我們都很矛盾、自責，內心極為痛苦、煎熬。我們不知道我們做的是對？還是不對？到底是盡孝？還是不孝？

雖然我們回金了，但仍每天以電話詢問、關切母親的情況。當母親轉到普通病房時，大哥與添弟也積極安排母親出院後將住到振興醫院附設的安養中心，那裡有收「氣切和洗腎」的病患。我們也期望能有奇蹟出現，母親能發出聲音說話，我們原想以母親堅毅的韌性，應該可再撐一陣子的。不想事有變化，如今母親竟病危在即。

二月十九日的夜晚有霧，濃濃的霧把夜晚妝點得朦朦朧朧，一片迷離。我在三樓點香時頻頻向菩薩、諸神祈求，祈求明日霧散雲開，讓我得以和娜妹順利赴臺，切莫斷了我們姐妹倆和危急的母親相見的「最後一面」啊！

二月二十日星期五，下午兩點的飛機，我在車上前往機場的路途中，想著母親，不自覺地又掉下了眼淚，我喃喃地說：「媽，您不要走，您不要走，您一定要等等我啊！」老公安慰著我說：「放心吧，媽媽一定會等你們的。」

課業繁忙的娜妹直接從學校坐機車趕來機場，思及母親，我們心情沉重，相對無言。上飛機時，紅著眼眶，悲傷的心讓我又哭了起來。飛行途中，心裡不斷地禱告著，祈求菩薩、諸神讓我們能見到母親最後一面。這是一趟哀痛與淚水交織的旅程，我心似箭，恨不得馬上飛奔到親愛的母親眼前、身旁。我深自後悔、自責著，為什麼過完年後沒有馬上到臺陪伴母親。母親已是風中蠟燭，禍福難斷，而我竟天真地以為，母親可以一直這樣維持著好精神。

拿到行李時，焦急的添弟早已在機場等候多時。我們急奔醫院。從再度見到母親的那一刻起，我和娜妹的情緒剎那間都崩潰了，眼淚奪眶而出。只見母親臉色臘黃、氣息微弱，雙眼緊閉著。我和娜妹只能緊緊握住母親的手，邊哭邊頻頻呼喚著：「媽！媽！媽！我們來了！我們來看您了！」

病房內，父親和大哥、大嫂、大姐、弘弟、添弟都隨侍在旁，一起陪伴著母親。沉睡中的母親，在我倆的頻頻呼喚中幽幽地、疲倦地睜開了眼睛。護士來了，看著無助的我們，說母親的眼睛已經看不見了，人在即將往生時，只有聽覺是最後消失的，現在我們所能做的，就是和她多說說話，還有按摩，讓她感覺到有親人在她身邊。

感謝白衣天使的指引，讓我們緊緊抓住無情的時間，與母親做最後的相處和告別。看著母親渙散的眼神，我們不斷地在母親耳邊說著：「媽，我是阿秀，我來了！我來看您了！」「媽，我是阿娜，您的小女兒！我來看您了！」病榻上的母親猛搖著頭。我知道神智猶清的母親正在說著她「時間到了」、即將走了，無論如何，這回我們是再也留不住她了。

這使我更加感傷，明知這一刻早晚會到，但當真正面對時，卻無法理智地控制情緒。從再見母親的那一眼起，我的眼淚就沒停過。我的淚水像關不住的水龍頭、像決堤的河水，源源不絕地從眼眶內一直溢出來，失控的淚水，讓我把床櫃上的兩盒面紙都抽空了還不夠。此刻的我，面臨著與最親愛的母親訣別，只能以「淚如雨下」來形容。

我和娜妹緊緊握住母親的手，母親的手好冰冷、好冰冷，幾乎感受不到任何溫度。我的另一隻手不斷地、不斷地撫摸著母親的臉龐，從額頭到臉頰、鼻子、下巴，透過我頻頻呼喊的聲音、透過我的手和母親容顏的撫摸、接觸，讓她感覺到我在她身邊，我就在她身邊。

遠住嘉義的惠妹還在上班，之前曾說隔天星期六一大早就會北上。深恐母親隨時會辭世的我，邊哭邊請添弟馬上打電話要惠妹火速前來，否則恐難見母親最後一面。

極度疲憊的母親又沉沉入睡。夜幕即將低垂，我們輪流去吃那食不知味的晚餐。我想著，晚上我要和大哥一起留守在醫院，陪伴在母親身旁。

母親再度醒來時，睜開的眼睛似乎在搜尋些什麼。是在找惠妹嗎？她的第三個女兒。七點五十五分，下班後馬上坐高鐵北上的惠妹終於趕到醫院，在母親病榻前握著母親的手，對著母親說：「媽，媽，我是阿惠，我來了！我來看您了！」母親聽到了，聽到了惠妹的呼喚，她知道親人們都到了，都在她身邊陪伴著她。

此刻病房裡擠滿了母親的至親，和母親牽手一生的老爸、三個兒子、媳婦、四個女兒及孫子、孫女、孫女婿都圍繞在母親身邊。

護士來了，她問著：「人都到齊了嗎？」大哥回答：「都到齊了。」護士拿掉了已吊掛了兩天的「升壓計」。原來為了讓母親能與我們見最後一面，母親靠著意志力，靠著調到最高指數的「升壓計」，苦撐著等待與我們見最後一面。

護士好心地告訴我們，這時候我們得趕快抓緊時間，每個人都要向她老人家說一句「告別、感恩的話」，讓母親能安心地走。我們每個人都一一上前，忍住悲痛，緊緊握住母親的手，請她老人家心無掛礙，安心地跟隨佛祖去；我們感恩母親給予我們滿滿的愛；我們感謝她是個好母親、好婆婆、好阿嬤；我們告訴母親，她一生已「功德圓滿」、修得正果；我們對母親說我們會永遠懷念她；父親說感謝母親一生為他的辛勞與付出……。

八點二十九分，母親的心跳停止了！母親走了，母親走了，母親真的走了！看醫生書寫著「死亡證明書」時，我才稍稍停歇的眼淚又不自覺地狂瀉而下。面對不再有心跳、不再有呼吸的母親，悲不自抑的我又放聲痛哭。

醫生見我哭得稀哩嘩啦，了解家屬痛失至親的哀傷，建議我們先離開「現場」，到走廊去等候，留下大姐協助兩位護士幫母親換下醫院的病服，並穿上生前的衣物。

我在走廊上，無法控制不忍、不捨母親離去的情緒，依然以哭泣、以滿面的淚水來宣洩我的哀傷。不知過了多久？娜妹

走來輕拍著我的肩膀，對早已哭得眼睛紅腫的我說：「二姐，不要再哭了，媽媽走得很安詳，像睡著了一樣。」她拉著我的手說：「來，進來看看媽媽，媽媽像以前一樣漂亮，有誰能像我們一樣，能有這麼漂亮的媽媽。」

再度走進病房，走到病床前，淚眼矇矓的我一直緊盯著母親看。說也奇怪，往生後的母親，原本極為蠟黃的臉在剎那間消失了，恢復了往常的氣色。母親猶仍清秀的臉龐恬靜而安詳，真的是一如往昔地睡著了。是慈悲的母親不忍見我們過度悲傷吧，走的時候仍以她一貫的雍容姿態來向我們告別。

悲傷的我依然淚流滿面，但看著身上所有的插管都已拔除掉的母親，看著慈祥安睡的母親，先前激動、無法自制的情緒已漸漸和緩平復下來。

大哥負責聯絡的葬儀社人員來了，他們拿著一塊白布，將母親從頭到腳蓋了起來。我們伴隨著母親出了病房進了電梯，到了地下室佛堂。

我不願母親慈愛的臉被白布搗蓋著，我掀起了白布，讓母親露出了清秀安詳的臉龐，聽著我們為她唸經。我相信佛祖慈悲，對一個往生的人，應該不會計較俗世的禮儀吧。我只是想抓住這最後的時間，想再多看看母親最後的容顏。

葬儀社的另一組人員來了，他們重新把白布拉上，蓋住母親的臉，我們伴隨母親上了車前往殯儀館。我原想今晚留在病房陪伴母親的，不想我親愛的母親竟得睡在冷冰冰的冰櫃裡。我的心好痛好痛，好不忍、好不捨啊！

兩個女兒一直安慰我，說阿嬤解脫了，她不用再受任何折磨了。我應該祝福母親安詳地「安眠」、「安息」，而不是硬留她在人間受苦受難。

站在夜空下，二月的氣候仍有著寒意。冷冷的風陣陣吹來，在這「臺北市立第二殯儀館」偌大的空間裡，「生與死」兩個世界的人彼此共存著。

深夜十二點半，安頓好母親的後事之後，我和惠妹、娜妹回到住處，我們三姐妹同睡一床，想著此刻正睡在冰櫃裡的母親，想著母親給予我們這些子女們比山高、比海深、無法了斷的愛與恩情，讓我們三姐妹翻來覆去，夜不成眠。

如今，算算日子，母親往生已七十七天了，我們也漸漸能以「祝福的心」來調適心情，漸漸走出失去摯愛母親的傷痛。

今年的五月，我們這七個母親最鍾愛的孩子，都要過著沒有母親的「母親節」了。

我們家最敬愛而偉大的母親，您住在天國。在這即將到來的偉大節日裡，今時此刻，我在電腦桌前，用「一指神功」在鍵盤上敲打出一個個文字來追思、懷念母親時，情不自禁的淚水仍一滴滴地掉

下來，眼淚不斷地模糊了我的視線，讓我打打停停，停停打打，只能一再抽取面紙，頻頻拭淚。

我對母親的離世，明明已全然釋懷了，不再那麼悲痛哀傷，我已能以「祝福的心」祝福著住在天國的母親。如今，我以極其平靜的心來完成這個篇章，我不想流淚的，我的淚水在二十日那天幾乎都流盡了。但萬萬沒想到，那不平靜的淚水總是一次又一次的氾濫著我的眼眶，想來這是我和親愛的母親，母女之間深濃的感情所致吧！

我們親愛的母親——李碧璇女士雖已遠離，但在我們心中，母親是永恆的，我們的母親是一位值得尊敬的「永恆的母親」。

母親節的那天夜晚，我期望能有「星星堆滿天」的夜空，我要對著住在天國穹蒼裡，我最親愛的母親一如往常地說：「媽媽，我愛你，我永遠愛你，祝您母親節快樂！」

國家圖書館出版品預行編目

星星堆滿天 / 黃珍珍著. -- 一版. -- [金門縣金城填] : 黃珍珍出版 ; 臺北市 ; 秀威資訊科技發行, 2009. 07

面； 公分. -- (語言文學類 ; ZG0055)

BOD版

ISBN 978-957-41-6450-9(平裝)

855　　98012180

語言文學類　ZG0055

星星堆滿天

贊助單位 / 金門縣文化局
出　版　者 / 黃珍珍
作　　　者 / 黃珍珍
執行編輯 / 詹靚秋
圖文排版 / 郭雅雯
封面設計 / 蕭玉蘋
數位轉譯 / 徐真玉　沈裕閔
圖書銷售 / 林怡君
法律顧問 / 毛國樑　律師
印製經銷 / 秀威資訊科技股份有限公司
台北市內湖區瑞光路583巷25號1樓
電話：02-2657-9211　傳真：02-2657-9106
E-mail：service@showwe.com.tw

2009 年 7 月　BOD 一版
定價：270 元